U0651550

赖柏英

Juniper Loa

林语堂 著

谢青云 译

CNS PUBLISHING & MEDIA

湖南文艺出版社

HUNAN LITERATURE AND ART PUBLISHING HOUSE

JUNIPER LOA
By Lin Yutang
This edition arranged with Curtis Brown Group Ltd.
through Andrew Nurnberg Associates International Limited

著作权合同登记号：图字 18-2016-210

图书在版编目（CIP）数据

赖柏英 / 林语堂著；谢青云译 . — 长沙：湖南文艺出版社，2017.1（2021.10 重印）
书名原文：JUNIPER LOA
ISBN 978-7-5404-7871-1

Ⅰ . ①赖… Ⅱ . ①林… ②谢… Ⅲ . ①长篇小说—中国—现代 Ⅳ . ① I246.5

中国版本图书馆 CIP 数据核字（2016）第 290155 号

上架建议：名家经典 · 长篇小说

LAI BOYING
赖柏英

作　　者：林语堂
译　　者：谢青云
出 版 人：曾赛丰
责任编辑：薛　健　刘诗哲
监　　制：蔡明菲　邢越超
特约策划：王　维
特约编辑：蔡文婷
版权支持：辛　艳
营销支持：文刀刀　周　茜
装帧设计：利　锐
内文排版：百朗文化
出　　版：湖南文艺出版社
（长沙市雨花区东二环一段 508 号　邮编：410014）
网　　址：www.hnwy.net
印　　刷：长沙鸿发印务实业有限公司
经　　销：新华书店
开　　本：880mm × 1230mm　1/32
字　　数：145 千字
印　　张：6.5
版　　次：2017 年 1 月第 1 版
印　　次：2021 年 10 月第 2 次印刷
书　　号：ISBN 978-7-5404-7871-1
定　　价：46.00 元

若有质量问题，请致电质量监督电话：010-59096394
团购电话：010-59320018

本书纯属杜撰，人物情节全系虚拟。其中人物如与古今人物相似，纯系偶合。

目录

第一章

天还没亮，新洛高大的身子蜷伏在白色的床单上，脑子里一片茫然杂乱。床上罩着一顶白色的细网蚊帐，帐子挂在彩球似的圆形竹框上曳曳垂下。在这新加坡炙热的夏夜，他半身赤裸只穿了一条短裤，身上盖着一块长约四尺、宽约一尺的硬枕头，有人叫它是“竹夫人”。既可以避免肚子着凉，也可以用来搁脚，比起薄被单盖在身上黏糊糊的要舒服多了。

由于整夜都没睡好，新洛照例伸手掏了根香烟点上，睡眼惺松望着窗外的走廊。廊内草帘半卷。街道上仍然灯光明亮。不远处就是新加坡港外的珠灰色大海，此时港内的海面，浮云洋溢一片宁静。平时到了五点左右嚣叫齐唱的海鸥，此时还没开始活动呢！

拉出塞在床褥子下面的蚊帐，把它卷起甩到床头板上，顶头的圆框也随之摆摇动荡。外头的空气正凉得沁人，再过个把钟头炙热的阳光就将照射大地。到时候大海便会像熔热了的银层或像热玻璃镜子一样，照得人眼花缭乱。

新洛头痛得要命，嘴巴也苦涩难过……显然这是昨天晚饭吃得太撑的结果。黎明前半醒半睡，一切都显得有点缥缈、不真实……就连剧烈的头疼也变得麻木了。他知道过一阵子就会好的。现在连韩沁那异国烈酒般的一吻，也好像如梦如幻。四周的墙壁、书桌、半卷的草帘，甚至大海，都像梦呓中的幽灵似的，仿佛一切的一切都变成了虚幻而又缥缈不定的形影。

他感觉到，自己完全不属于现在这种新加坡式的生活。并非他对这种生活方式感到倦怠，而是一则自己体力过旺，再则个性过于多愁善感，以致常使情绪无法稳定下来。所以他的叔叔——这间屋子的主人，才会说他魂不守舍。

苏醒中，忽然嗅到他熟悉的含笑花香味，那是故乡漳州的名花。正如它高洁清沁的香味，它表现出一种不同于一般环境的独有气质。它会使人在一时之间闻嗅不出，然后乍然又使你仿佛置身其中，再又不知不觉地对你迎面飘送。含笑花具有椭圆形的花朵，呈象牙色泽。这是柏英两周前寄给他的，现在花缘边上已略泛橘黄了。

两年前，他从马来亚大学毕业，回了故乡一趟，从此柏英就从家乡寄花给他——春天是攀缘蔷薇；夏天是含笑或鹰爪花，一种芬郁、浅蓝的小朵兰，香气飘溢，很是清幽别致；秋天是一串一串的木兰珠蕊，可以把它放入茶中增添茶香；冬天则是漂亮的茶花，或是俏艳的蜡梅花花瓣——极为馥郁而淡雅，芬芳泛泛，令人闻起来飘飘冉冉，难以形容。

花，使你想起它的美丽，也令你忆起女人明眸的微笑。

天空已渐渐由暗灰转成碧绿，化成浅玉色，远际的密云也耀射出黎明的曙光。一定是用人昨晚忘了放下廊内的帘子。昨儿个晚上请吴太太来吃晚饭，用人也许看到她手上的大钻戒，中了邪忘了吧！

脑海中又浮现一阵幻影——吴太太那副粗嘹的嗓门，韩沁在他胸口上热情的气息。与此截然不同的，却是柏英那份遥远、不渝的笑靥——她衷心地爱着他，为他奉献出一切，却丝毫不冀望他做任何的报答。

新洛把头枕靠在床头板上，眼睑半闭地凝望着点点密云和海面，心底无形中又浮现另一番景象。在海平面上的云彩上端，他仿佛看见故乡村庄里，十分熟悉的浅蓝色“南山”棱线，起伏的山丘，宜爽幽谧的树林和柏英的小屋。他依稀觉得自己听到了她的声音，在那荔枝林里回响。他为清晨美丽的时刻欢欣，尤其在这短暂的一刻，他可以让心神轻易地由现实飘逸到虚幻的世界。

昨晚请吴太太来家吃饭，她的钻石戒指，以及亮口的金牙，辉映出一股商贾的色彩，使人感觉很不实在。就连韩沁的热吻和披肩的秀发，也觉得像梦境一般。

他记得今天是周末，可以不上班。小心翼翼地把烟头在烟灰缸捻熄之后，他又溜进被窝里，再睡一觉。

再醒来后，已经快十点了。

大海一片耀眼金光。海面被晨曦洗礼得闪闪发光，新加坡湾东边，也被阳光照得使他视线迷蒙。远处一艘轮船，正扬起低沉的号角，驶向港口。他走下来放下廊内的帘子。

在走廊的一端，瞥见琼娜，大约在三十尺外，透剔的纱笼衣饰，衬现出她那极为丰满而健美的身材。琼娜是他叔叔的姨太太，也是中国人，由苏州来的。但是她偏爱纱笼，家居总是这副打扮，说是又轻松又飘逸。她头发还没有梳整起来，随随便便披在脑后，一撮乌黑的鬓发零落在脸颊上。她看到他，于是便拖着金色的拖鞋慢腾腾地朝他走了过来。

“早，睡得好吧？”

“早。”

她面露微笑：“要不要阿司匹林？”

不等他搭腔，她就转身出去，然后从一扇法国落地窗走回到他房间。他连忙披上睡衣，衣扣敞开未扣。

她涂着蔻丹的纤手拿着一片阿司匹林，从头到脚打量了他一遍。新洛对这一套早已习以为常，女人对他一向都很纵宠的。她也预知似的，知道他会要吃阿司匹林。

琼娜很年轻，还不到三十岁，浑身皮肤柔嫩、细腻，生就一副姣好的面孔，以及丰满颇富肉感的芳唇。每天正午以前，她必然将脸庞修饰一番：画上浓浓的眉线，唇上轻抹唇膏，除了使自己看起来更明媚照人外，尤其她那经过了化妆的嘴唇，也格外樱红迷人。此刻，她的双颊虽未装扮，却也泛现出一片红润的色泽。她还有一双动人的眼睛和嘴唇，声音则较低沉。

他俩之间并没有什么，但新洛属于极易让女孩子倾心臣服的年轻男子。她和他都是聪明人，彼此间绝不会有任何瓜葛。任谁都看得出来，即使她闭着眼睛，也可以把他叔叔玩弄于股掌之上。现在，她似乎有什么心事。

“叔叔呢？”新洛问她。

琼娜看了看他说：

“到办公室去了。”

“噢，是的，当然。”他叔叔一向起得很早。

每一个星期六上午，只有他在家，叔叔去上班，中午也不回来吃午饭。婶婶患有胃溃疡，还躺在床上。婶婶和琼娜都没有孩子，只有一个广东下女阿花，和其他几个用人在房子里。

琼娜将臀部倚靠在他书桌边缘，用愉快的语调说："你昨儿个晚上，中途离席而去，实在太过失礼了。"

"我知道。"

"你走出门，吴太太的大眼睛还一直盯着你。"

"那一定的。"

"大叔也很生气哟！"

新洛说，他感到很抱歉。

琼娜在房里踱来踱去，柳腰款摆。

她在一个斑渍累累、泛黄的照片前站了半晌，欣赏那张"鹭巢"——柏英居住的农舍照片——挂在墙上，用漆釉的胡桃木框框着。

她缓缓转身过来，深深地望着他，说道："我也很难对你说些什么。不过……你若不喜欢爱丽，还是让她们知道的好。"爱丽是吴太太的女儿。

新洛扬起眉额，然后表情温和地说："你这样想，我倒很高兴。"

"当然咯，很多待嫁女儿的母亲，都会看上你，马来亚大学毕业，又在英国人的法律事务所工作，而且……"她把声音放低地说，"很多女孩子都会情不自禁地爱上你，你该知道，你对女孩子很富有吸引力，你晓得……你叔叔——你很清楚，为什么他对你的这门亲事这般热心。"

她突然戛然不语，正眼注视他说："我是站在你这一边的。"她还特别强调"你"这个字。

他用双手极力压挤头部。

“怎么啦？”她的声音充满关切之情。

“没什么，只是有点头昏……你不懂！”

“当然，我懂。”她从金色烟盒里拿出一支香烟，点燃，猛吸一口。

“你不愿出卖自己，甚至也不会为了你叔叔而出卖自己。”

说到这里，她眼眸变得深沉了起来。

新洛只能看见她黝黑的眼珠。但她对他，并不仅仅止于友善、公正的诤言而已。

她思绪频转，然后说：“你去见了韩沁？”

“是的。”

“我就知道，你一定会去找她。”

“我并没有瞒你呀！”

确实是没有。他已经把遇见韩沁的经过，都告诉过她，但是到目前为止，叔叔却仍毫不知情。

韩沁是一个二十二岁的欧亚混血女郎，他是在某天下午在海滩上认识她的。

离他们家不远，就在东岸路上，有一个夜市场。许多人不管是老老少少都喜欢到那儿去消磨凉夜。在露天的摊子上，有卖冷饮的、卖海苔冻的、卖热类点心的，还有各式各样的面点、面线，等等。夜市的下面就是海滩，再过去是绿草丛生的荒径，很多年轻爱侣便在那儿约会，或躺或卧地共度令人陶醉的热带之夜。

新加坡就是这样，窒人的热浪和凉谧的黑夜，相互形成强烈的对比，蘸辣椒酱的烤肉串——“马来沙嗲”——便是这个风味。卖沙嗲的小贩蹲在地上，客人有的坐矮凳，也有的是蹲着，一手拿辣沙嗲，一手拿小黄瓜。若是沙嗲太辣烫舌头，就咬咬小黄瓜，等舌头感觉凉了点，再咬一口辛辣的沙嗲。

新加坡的爱情也是这样吗？

“你叔叔对这门亲事抱着很大希望，他有他的理由，因为他在生意上可以因此获得好处。但是，在我认为，一个男人应该娶他所爱的女人。爱丽是很不错，很文静的女孩——我看得出来，她爱上了你……总归，如果你不喜欢她，又何必娶她呢？”

“我想，你是这栋房子里，唯一讲话还有道理的人。”新洛愁眉苦脸地说。

新洛的叔叔谭山泰，早年离开大陆的家乡，来到此地当一名白天工作的工人。他如今靠节俭和精明，闯出了一点名堂。第二次世界大战期间，他谨慎地从事橡胶生意，稍微赚了点钱，这是他生命中的大转机。之后，凭机灵的头脑，进一步把所有积蓄换成美元，当时美金币值与墨西哥币值相等，有时候甚至还要低一点。他知道，美金的币值一定会涨起来的。现在，在新加坡越过堤道的那一边，他在吉佛已拥有几处橡胶园，在“广场”附近自己拥有一个两房的办公室，还有东岸路高级别墅区内也有了一栋优美的别墅。

吴家又不同了。他们是新加坡最古老、最富裕的世家之一。他们在苏腊巴亚拥有庞大的甘蔗园，在马来亚有一座锡矿，还有吉隆坡所有的街道都是他们的。谭山泰很高兴自己在新加坡社会圈能获得这么大的进展。他是一个好强的人——从他那张大口和粗短的双手就可以看得出来——能和吴家结成亲家，是他衷心欢喜的一桩乐事。

吴太太为了让新洛知道她对他有多大的帮助，大老远地聘请

“巴马艾立顿事务所”担任吴家企业的法律顾问，让他们为她照料产业上的权益。新洛工作的“巴马艾立顿事务所”对于这份长久持续的优待至为感激，因此，新洛在老板眼中的地位也就更加重要。

爱丽身材高挑、细长，长得既不太漂亮，但也不太难看。她唯一引人注目的，是她那对过浓的眉毛。她是一个单纯的高中毕业生，脸上总带着几许饥色，这都是因为生活受到专横跋扈的母亲——肥胖的吴太太的影响，以及经常不在家、风流成性的父亲所造成的结果。平心而论，再丑的女孩子，若拥有像吴家的产业，假使真要找一个在新加坡有栋房子，槟榔岛有别墅，自己还有一辆黑色或红色别克跑车的富家子弟结婚的话，也是一件轻而易举的事情。但是，爱丽就偏偏钟情于新洛。他那双略带忧郁、间或沉思的眼睛，已够使她迷恋了。他似乎具有一股特别的气质和与众不同的蓬勃朝气，显得十分魅惑。新洛对爱丽总是表现得彬彬有礼、很友善的样子，但除此之外，也并没有什么，虽然有时候他会稍为失礼、唐突，但她反而喜欢他这样。

爱丽讲起话来有点大舌头，虽然在最好的医院做过矫正，但是她对“d”音和“t”音仍然发音不清晰。可能是舌头太短，她老把“应该”模模糊糊念成“应孩”，其实，这也不是什么大不了的缺点。

昨儿个晚上的请客，是叔叔回请吴太太前两次的邀请，纯粹是家庭式便餐，所以没有请别的客人。爱丽也来了，坐在新洛的旁边，新做的头发，紧身的衬衫，外表看起来既温柔又活泼。吴太太坐在主客位子上，叔叔、婶婶、琼娜是主人，坐在下首。不管吴太太坐在哪里，她那桂圆大逼人的眼睛、肥硕的面颊、双垂的下巴，还有如雷贯耳的谈话与笑声，总是制压着整个场面。只要是她讲话的时候，每个人都要洗耳恭听，谁也插不进一句话。整个晚上，连叔叔都没说上四五句话，爱丽坐在她旁边，简直就像老鼠似的。

吴太太很自信，她对每一件事都知道，就是不晓得，谁若爱上她女儿，也会被她这个丈母娘吓得掉头就跑。她还有一种极为错误的观念，在她认为，戴了钻戒的女孩就必然可以赢得男士的青睐和注目。

琼娜讲起话来，可以讲得比吴太太快上两倍，而且言之有物。但是她一言不发，默默倾听观望着。

她对这位阔太太发自内心地不喜欢，因为吴太太有两次请大叔和大婶吃晚饭，都撇下她。今晚，琼娜决心要让她留下一点深刻的“印象”。

大婶，是一位守旧、羞怯的妇人家，本身庄重，谨遵古礼，又是吃素的虔诚佛教徒，所以，对于这些烦琐的社交活动，总是把机会尽量地让给年轻女孩去参加。

今晚，吴太太一进门，琼娜又再次受到怠慢。她以最亲切的态度欢迎这位贵客，而吴太太却连头都不点一下，只问陈大婶在哪里，之后就再也没有跟她说过一句话了。

新洛从楼上走下来的时候，琼娜正在跟爱丽低声悄悄交谈，瞥见琼娜眼神流露着莫名之色，这时，吴太太俯着脸孔下巴双垂赘肉，两眼半闭，一副不耐烦的德行。

在中国社会里，姨太太并没有应该受人奚落的道理，通常有些场合还正好相反哩！

这场晚宴弄得不欢而散，琼娜自然很高兴。

很显然，今天晚上，双方家长都还曾一致希望能讨论一下订婚的问题。吃饭中间，当新洛站起来给爱丽添茶的当儿，大家的目光都一齐落在他们身上。

不幸的是，吴太太弄巧成拙，用错了法子。

刚开始的时候，她说她丈夫有多愚蠢、多没用，又数落他如何追逐女色，等等。爱丽听得满面羞愧，弄得其他人也很难为情，吴太太还称她先生是“老不羞”。

琼娜目光直盯着爱丽的钻石胸针看，尤其注意吴太太项链上的长形大钻石。每次她一扭动身子，钻石就闪闪发光，而偏偏吴太太就喜欢故意扭动躯体，以示炫耀。还有，她总是不顾礼节地把抽过的香烟头，浸熄在盛鱼翅鸡汤的汤碗里，又不把烟头拿起来，就算她非常富有吧，唉！真叫人看不惯。

这次吃饭的其余话题——算不上彼此交谈——都是听吴太太谈她自己各种的产业。

“我实在没办法样样都管，恩喜简直是什么都不懂，也不关心。我需要一个能替我管理一切生意、租赁、保险、股票、红利等事宜的女婿，所以嘛，我告诉过爱丽，她结婚的时候，她可以任选一辆劳斯莱斯或凯迪拉克牌的轿车，随她要什么颜色——黑的、红的、栗色的，甚至镶金边的……”

这时，新洛突然站起来，很不礼貌地走出饭厅，出门前还回头说了一句：“吴太太，很抱歉，我另外还有一个约会。你如果要取消‘巴马艾立顿事务所’生意合约的话，请便。”

叔叔一时愣住了，吴太太更是目瞪口呆，不明白是怎么回事。

“我讲错了什么？”

爱丽先站了起来，晚餐也因此不欢而散。她面带祈求和渴望的眼光，目送着新洛走出去，一句话也没有说。

然后，爱丽向大家道个歉，走到沙发上坐下，开始啜泣，悄悄用已经搓揉成一团的手帕擦着眼泪。

“我做了什么？我做了什么？”吴太太还一再地说着。

“都是你嘛！妈妈，都是你！”爱丽在沙发上叫着，她一定恨死她妈妈了。

琼娜掩不住地高兴，但却没有吭声。

客人都走了以后，叔叔震怒不已。他痛骂侄儿太不懂礼貌，声音都骂哑了。他咬着香烟，不断用手对沙发扶手猛拍，还边骂边吐痰，最后他才回到楼上去。替他消气是琼娜的职责，自然，她也跟了上去。

现在，琼娜对新洛说：“叔叔说你应该向吴太太道歉。”

“为什么我要跟她道歉？”

“叔叔要你这样，是他叫我来告诉你的。”

“刚才你自己还说，要是我不想娶爱丽，还是让她们知道的好。”

“我的意思是说，你去见一下吴太太，心里若有什么话，可以尽管对她说个明白。我答应了叔叔，过来把话带给你。”

“你认为呢？”新洛向来尊重琼娜的意见。

“这就看你自己了。你要是不想和吴家女儿结婚，将来总会有不愉快发生——假如你去吴家向她们道个歉，叔叔会觉得好受一点，何况只要你讲几句话，道歉一声，又不会让你损失什么。不过迟早……话总要说个清楚，到最后，虽然会伤爱丽的心，那也是没办法的事……咦，我一直闻到有股含笑花的香味——她叫什么来着……柏英？柏英送你的。哪天你得跟我谈谈她才行。”

“为什么？”

“我想知道嘛。”

“怎么说？”

“因为我是女人嘛。”

她望着他，他也看着她。他说：“总有一天，我会告诉你。我们是从小一起长大的。我错过了机会，她现在已经结婚了。”

“你的愿望落空了，我晓得，她也一定很失望？”

“可以这么说。这一切都是环境所逼，也实在不能怪怨任何人。”

“但她还不断寄花给你，她大概不会写信吧？”

“对，她不会写信，然而花朵也足够表达情意，传达一切无声的讯息，这可是书信所做不到的，你不觉得吗？”

“好了，我要走了。出去洗个头发，还得先打电话叫车。你要不要跟我一道进城？”

“不必了，谢谢。”

“我会叫阿花把早点给你送到楼上来，假使你不想下楼的话。”

琼娜临走前，看了看他，表情上流露着深挚的关怀和好奇。

新洛一面吃早餐，一面浏览早报。

中国正发生革命运动，此刻适值民国十六年。国民革命军由广东出发，迅速地向江西全面推进。从各种迹象显示，这次是慎重其事，和以往建国十五年以来，军阀、革命军之间的内战性质似乎完全不同。国民革命军继续推进，国民党为了完成统一中国的目标，决心扫除军阀。为了此次北伐，国民党制订了清晰、健全的建国计划，举国的知识分子也一致响应与支持。报上标题写着“上海已攻克”。国民革命军“北伐”正在进行，中国全体青年均全心服膺中央领导。新洛内心感到无限兴奋，国内局势月月改观。他在想，不知道北伐军有没有经过故乡福建，也不晓得自己的母亲、姐姐和柏英，会有什么遭遇。

第二章

新洛感到很无聊、很寂寞，今天不知道该怎么打发才好。他约了韩沁见面，但是要等到晚上。几个月以前，他俩刚认识的时候，韩沁告诉他，说她在果园路的一家奶品店工作，她要到晚上八点才下班。

新洛穿上背心和浆熨笔挺的西裤，慢步踱向宽阔的走廊。他很少跟别人一样在家穿拖鞋，习惯使然，这完全受亡父生前的影响所致。即使待在家里，他也把头发梳得整整齐齐的，唯留一撮发丝让它甩落在前额边上。

他曾受过强烈而独特的家庭束缚，为了甩脱这一层束缚，负笈来到新加坡求学，如今终于成为年轻的律师，而他那种超然、腼腆和深不可及的眼神，或许与此有关。敏锐的双眼、忧郁而富于沉思的模样，以及文静的神情，都给他的英籍老板，留下很好的印象。

琼娜刚刚说，马来亚大学的毕业生——在英国商行工作的青年律师，像这么一位未婚男子，具有足够的资格做吴家的候选“驸马”，真是一大讽刺，他想。

他十九岁离家，当时父亲仍然健在。他来新加坡原是来学习医学的，之后，改变初衷修习法律。因为他一看到人体的内脏——不管是真的，还是解剖学课本上的彩色图片——就会觉得恶心，他宁愿选择法学的条律和精确的逻辑理论。

读大学的时候，真的，他最大的目标就是争取自己能在法律系，以优等生成绩毕业。现在虽已拿到了法学学士的正式学位，然而文凭的魅力，却已日渐褪色。

他父亲过去是一位穷教员。

新洛读大学时，一半是靠奖学金，一半靠叔叔的资助。由于在家里受过严苛的庭训——节俭、自制、守规矩，对课业和学习便始终持理想观念——使他成为超然、腼腆、不爱交际的学生。

大学的时候，他对女孩子从不正视，女生都觉得他是一个怪人。因为他体格魁伟，长相出色，一副生得俊俏的腭骨，又是网球健将，所以他的超然、冷漠的模样，以及严肃感，使得女孩反而更受他吸引。然而他只知一心一意争取每年五百元新币的奖学金，就因为有了这一份奖学金和叔叔的帮助，他才顺利念完大学的。

现在，他每月可以赚到二百元新币，除了按月寄钱回去给妈妈外，还坚持慢慢地偿还叔叔供他念大学的费用——叔叔为此简直气坏了。

难道叔叔需要这区区数千元的新币！难道说他不是叔叔的亲侄儿！这等于否认了叔侄关系，何况叔叔又没有子嗣，他还期望新洛将来能继承他的事业，与他分享事业成果呢！新洛也颇不习惯他叔叔社交圈的这一种安逸生活。他认为，自己既然生长在乡下，便永远是属于乡下的小孩。他羡慕这些城市的年轻的男孩，能够跟女孩子们轻松谈笑，拍手喧闹，自由自在地对一切事物充满信心。这些年轻人都是富家子弟，有些是他的朋友，但他就没办法像他们一样。

他只认识像他母亲、姐姐碧宫和柏英之类的女子。他们的家庭很特别，家境清苦却注重理想及生活的和乐，尤其在乎精神方面的事情。当初，受了父亲及叔叔的鼓励，而且他本身也想出外求学，所以才抛开了温馨的家乡情愫，远来新加坡读书。

失去柏英，他就失去了一切。受了这个影响，他总是给人一种脸色严凝、目光忧郁、沉默的感觉，使他的英国雇主和年轻女孩子格外地注意他。

而今，实在是太寂寞的缘故，他突然狂热地爱上了这位合乎他梦寐所求的女孩——欧亚混血女郎。他只有二十五岁，内心却像三十岁的男子，渴望找回失去的一切。

他打电话给昔日好友，也是大学同学的韦生。他现在为一家大报——《南洋日报》主持一个社会专栏。他下午五点和他见面。

忽然想起自己曾经答应过，找一个周末去看秀瑛姑姑，他星期六有空，他已经有一个月没去看她了。秀瑛姑姑是他父亲最小的妹妹。她在一所公立学校教中文和绘画，看起来很年轻，还没有结婚。她像他父亲，也嗜爱文学、艺术和举凡富有诗意、美丽的东西。她自己也写诗，像极了她哥哥——新洛的父亲，她会为历史上的伟大英雄豪杰，或一幅不朽名作而欣喜若狂。她对于世间一般人追求利益而庸碌的情景，也能保持相当的超脱和冷漠。新洛认为，她不想结婚也好，这是自然现象，她若嫁给一个粗俗的新加坡橡胶大王，必定会悲哀一辈子的。因为她是一位极易受伤害的女性。

新洛觉得和她最亲密，因为她从小就认识他，而彼此又了解对方。和她在一起，他可以感受到家园的气氛。他觉得她是新加坡泥浆中的一朵莲花，出淤泥而不染。

他打了个电话给她，说他要到学校来看她。学校地址在查宁堡附近，待会儿从那儿到山城街和韦生见面，只要走几步就到了。

她的房间恰如其人。临窗是一张纤尘不染的书桌，上面整整齐齐陈放着一方砚台，笔筒里插着毛笔，精致的莲叶形细玉浅水钵，和一块白色的铜制文镇。床上的枕头和被单，收拾得井井有条。墙上挂着一幅明代山水画，是仿唐的作品。房间一角摆着一张梳妆台和少数化妆品。置身室中，予人一种“空灵”的感受，一切都恰到好处，布置简洁而适切，房间虽然不大，却也留下了充分活动的余地。窗边挂着一只鸟笼，里面养了一对鹦鹉，还有一个浅棕色的瓷质花盘，上面画有青苔、奇岩、卵石和铅粉画就的山水缩图，花盘就摆设在窗台上。窗外渗进柔淡的绿色光线，给房间带来凉爽的气氛。

如果让一个粗汉或大嗓门的男子和她同住在如此静逸、整洁、除了心灵外不会有丝毫波动的环境里，乱甩东西的话，那该有多么滑稽！

新洛自忖道，她真是永远不该嫁人。

或许有人认为，她很严谨，对于新洛的烦恼事，根本不予关心。其实他知道，她蛮有人情味的，而且总是十分了解他。

新洛兴高采烈地和她谈起昨晚的宴会，她也听得津津有味。

“新洛，你的个性跟你爸爸一模一样。你父亲和你叔叔，彼此间从来无法互相了解。叔叔对昨晚的事情，做何感想？”

“他气坏了。他要琼娜告诉我，叫我去道歉。你觉得我该不该去？”

“除非你想当吴太太的女婿，否则没有必要。”

她干脆地回答，使他非常满意。

新洛的父亲是长子，叔叔是老二，所以称之为“二叔”，秀瑛排行老幺，被唤作“三姑”。

“三姑，你昨晚上为什么不来？二叔请了你，他希望你也在场。”

“他没有告诉我他昨晚为什么要请客。他只说吴家的人会来，声音显得很兴奋。我觉得和吴太太见面，没什么多大的意思。”

她盯了侄儿一眼，接着说：“你怎么不常来看我？最近还好吗？”

“跟以前差不多，我想，公司方面还算喜欢我。”

“我不是指这个。”

“那你是指什么？”

“昨晚的宴会，使我想起了你的个人问题……你看起来似乎很忧郁。”

“是吗？”

“也不算真的忧郁，但你好像心事重重？”

“我向来是这副模样。”

“不是真的忧郁，可是你并不快乐。我看得出来。前一阵子你二叔告诉我说，他觉得你该结婚了。他还问我，你为什么对婚事老是提不起劲。有女朋友了没有？”

新洛没有搭腔。

“还在怀念柏英？”

“也许吧！两个礼拜以前，她还寄来一朵含笑花。”

“是的，我知道。碧宫跟我说，柏英每次都按季节送花给你。她可真是一位不平凡的女孩子。”

新洛眼睛突然一亮，甩了个头，轻声地叹了一句：“柏英！”又说，“她生活快乐吗？你上次看到她，她是什么样子？”秀瑛寒假时曾经回去厦门一趟。

“你该知道，她每天只晓得忙着做事，哪还有时间去想什么快乐不快乐的问题。总是忙上忙下的，脸上倒是永远带着一份渴盼的微笑。我相信，她已准备开始读书和认字了。听说，她学习认字，是为了要赶在儿子罔仔之前，将来才好教他功课。”

新洛抬起双眼，面对面地盯着她，过了好半晌才说道：“我想，你都知道了？”

“是的，我都知道，碧宫告诉我了。”

罔仔是新洛和柏英的孩子。

为了罔仔，她才不得不匆匆下嫁给现在的丈夫甘才。

新洛沉默了一会儿。

然后他说：“你知道……一切就那样发生了……我们两个很相爱。碧宫跟我妈都晓得这事。就我目前所知，只有柏英的妈妈不知情。”

“所以你才没娶到她？”

“事情是发生在我学校最后一次放假的时候。我正要出国，她发现自己怀孕了，只好赶紧嫁人。甘才是在他们家农场做工的。我过了好几个月才知道。当时她的祖父眼睛快瞎了，家里凡事都必须靠她，她不能够也不愿意跟我一道出国……”

秀瑛灵巧地变换话题说：“上次我看到他们，她祖父已经瞎了，她对他真是孝顺。我从来没有见过一个做孙女的，有人能像她这么耐心照顾自己的祖父。”

“我知道，”新洛沉默地说，“唉！人实在是很难理解。那个时候，我也不懂她为什么不能抛下家庭跟我走。她无时无刻不牵挂着家里，看样子她祖父每一天、每一刻都需要她、离不开她……”

稍许偏离了主题，他接着说：“我永远忘不了，她以前可以把剥开的荔枝含在嘴里，不用手指，光是努努嘴唇，就能够将一粒清洁溜溜的核吐出来，比我们男孩子还要快。我们吐一粒，她可以连吐三粒。尤其是她那灵活的嘴唇，她还可以用荔枝核打中五尺外的目标。我们常蹲在地上，把荔枝核当弹珠来打，每回她的核打中‘堡垒’，你真该看看当时她脸上那副得意的样子。”

“是呀，我记得你们这些孩子，时常在荔枝林里玩耍。你和她老在一块儿，还一起到山下的峡谷中捉蝴蝶或捞虾。而你哥哥新庆，总是缠在大人身边。”

他们都耽于快乐的回忆中。新洛滔滔不绝。

“我们男孩子到鹭巢去玩，她就当主人，整天都围着我转。吃完一大堆荔枝以后，她会扯着我们到厨房里去，倒一大勺的酱油，要每个人吮一口。她说吃完荔枝后，喝一点酱油比较好。”

“你刚才说‘我们’，是指哪些人？”

“新庆、甘才和我，还有同校念书的其他男孩子。她直爽得很。有一次，我问她为什么她的牙齿那么白，因为我晓得她是从来都不用牙刷的，她说，她先把手指浸湿，然后沾上盐巴，再用手刷牙。最好玩的，莫过于当荔枝采收过后，我们大伙爬到树上摇树枝玩。大人通常也会爬到树上去，砍截枝叶把它丢到地上，我们小孩子就在枝叶落地之前，把它接住。你记得吗？收获之后，树上总零零落落留下一些果实，还有树梢顶上摘采不到的那些。我们就猛力摇摆树枝。柏英她还告诉我们说，荔枝树就喜欢这样，我们愈是摇它、弄它，它明年就长得更好。她说果树跟人类一样，大年之后就来一个小年。它们也需要休息呢！”

“我看着你们俩长大，”秀瑛姑姑说，“我记得有一年夏天的下午，不知道你记不记得，我和你母亲、柏英的母亲一起坐在荔枝园的小凳上。那儿很美、很凉快。老鹰对着落日盘旋飞翔。右边就是鹭巢。你们两个跑到西边的山坡去了。过了一会儿，我们看见你们小头忽上忽下的，你们手拉着手从山坡爬了上来。远处金色的光芒，照射在层层的山岚上。我看她举起一只手，把你脸上的眼泪轻轻弹掉。她问你：‘哭什么？’你说：‘好美哟。’她又说：‘什么，你就为这个哭哇？’你说：‘是啊。’也许这事你已经忘了。”

“我还记得。”

“噢，你母亲和她母亲都说，你们俩真是最理想的一对。我想这话还是柏英她妈妈先提起的，你母亲立刻同意了。”

“她跟甘才快乐吗？上次我回家，她说她很快乐。”

“她不是那种喜欢闲荡而为往事郁闷不乐的人。她很快乐，甘才既善良又老实，现在她又生了一个小孩——该满周岁了……这事我该告诉你，上次她来漳州，还定做了一件长袍。”那时候长袍正流行着。“她穿起长袍好看极了，人也完全变了。你绝对想象不到。”

“回到家她就不会穿了。”

“当然不会，穿长袍做田事不行。但是每个女人都有虚荣心，她来漳州的时候，还买了一些扑脸的香粉和人造花。”

漳州就是出产这些个玩意儿出名的。

“什么！买人造花！她习惯戴一朵红玫瑰或七里香在头发上的。

你记得沿着通往她家的路旁，有一条小溪流？我们小时候常在那儿玩一种游戏，岸上有很多蝴蝶和蜻蜓，她把一朵花别在头发上，然后悄悄地躲进树丛里，直到有蝴蝶落到她头上，她才慢慢地站起来，从树丛里走出来。游戏的趣味，就是看她能走多远，而不会把蝴蝶吓跑。那种橘黄带有黑色的蝴蝶很容易抓到，但是又大又漂亮的蓝绿色燕尾蝶很敏感、很机警，柏英一站起来，它们马上就飞走了。抓蜻蜓很容易，我们经常在盛开紫色花朵的石楠枝上抓到它们……”

秀瑛微笑着。她的样子，使新洛感觉赧然不已。这会儿，他简直就像一个在河岸边上玩耍的小男孩一般。新洛顿时不语。

“你笑什么劲儿？”他追问着。

“你们男人真是浪漫得不可救药。我想，在你心目中，她是一个头上栖着蝴蝶的少女。事实上，我倒时常看她头发上有着谷壳和稻屑，脚上还沾着泥巴。”

新洛心情为之一宽，他接着说：“我崇拜她脚上的泥巴，”然后大笑，“你觉得我傻，对不对？整个新加坡还没有一个女孩子够资格吻她脚上的泥土呢。”

“噢！是吗？”年轻姑姑说着也跟他一起大笑起来。

这时候，他突然忆起韩沁赤着脚，走在退潮的沙滩上的景象。

但是他说：“你是基督徒，我可不是。你们《圣经》上有这么一句话，令我感动和赞同：‘她的脚在群山之间，是多么美丽！’而不是‘她畏惧上帝的双脚’。那就是指‘她的脚’。她一直打光脚，直到十三四岁。她经常静悄悄地走过草地，站在我后面，蒙住我眼睛，然后问：‘谁？’我就说：‘当然是你嘛！’我一把抓住她的手，她赶紧挣开，然后我就在后面追她。‘她的脚在群山间，是多么美丽！’

她习惯在五点钟起床，下过一夜雨后一大早就陪着她祖父去检查稻田的水位……山间的生活真美！”

“不要过于激动。你把每一件事都太过美化了。你像个诗人。农家生活并非像你所讲的全是美丽的。你不喜欢新加坡，我感觉得出来。”

“我不喜欢，也不是讨厌。并不是每一个人都一定要喜欢这里。我是一个个体。新加坡是一个刺激、伟大的大都市。周遭每个人、每件事都匆碌不已。热！热！热！吃沙嗲，然后又吃小黄瓜。我并不是美化农家生活或乡村生活。我是在谈鹭巢，我的意思是说……”

“你的意思是什么？”

“我是指柏英，她的农庄、她祖父、她母亲、她的鸭子、她的荔枝园，还有鹭巢。柏英很刻苦，硬得像橄榄核似的。这可不是对她瞎吹。有一次她正忙着做家事，她弟弟天凯给她捣乱，我看见她狠狠地把他给揍了一顿。农家生活使她变得坚强，也使她懂得辛勤干活，知道生存的重要……只是山间的工作和嬉戏，彼此间和谐地融合在一起，所以她干活的时候，我老觉得她是在游戏一样……”

秀瑛内心掩不住地高兴，她乐于看到年轻的侄儿身上也具有他父亲那种贫穷而自负的精神。她愉快地笑着说：“我想，我应该把你描画成一个站立在河里小舟上的渔夫，头戴斗笠、身穿蓑衣、手执撑篙，那样才是真正的你。”

新洛微笑说：“谢谢你。”

“在别人眼中，你看起来不像一个真正年轻的律师，所以你才会这么悠闲。我很了解，柏英在你心目中占有了极大的地位，不过无论怎么说，她都已经结了婚了。你总不能为了这份感情，不找个好女孩结婚吧……今天下午你打算做什么？”

新洛看看表说：“我该走了，我跟韦生约好见面的。”

从秀瑛的学校走出来，瞥见偌大的校园，在这星期六下午却显得十分空旷辽阔。他叫了一辆黄包车，下了陡坡，来到博物馆附近的广场。就在山城街一座盖得不错的二层楼房里，找到了韦生。人行道上依然炙阳照人。

韦生建议一起到雅德菲饭店的酒吧去凉快凉快，新洛却说他比较喜欢中国人较多的“兰亭”。于是两人结伴走过新桥路，穿过几条拥挤的小巷。人行道上的石柱子后面有不少店铺，店老板们都住在店铺的楼上。这些斑白而掺杂蓝色的屋子，墙垣剥落不堪，并且将要承受雨水的冲刷，到处变得青迹泛泛。除了附近有几家店铺的彩纤商场外，整个城里，找不到一条像香港或上海式的所谓“大街”，在这里的店铺，大玻璃柜中都陈列着一些炫目而迎合有钱人胃口的物品。

韦生和新洛信步来到华人汇集区拥塞而潮湿的街市，举目所见都是店铺、小食摊、蔬菜摊，和一大群梳辫子、穿木屐的广州、潮州籍用人，还有一些半裸的孩子以及满街打赤膊的男人。

新洛内心很不是味道。这儿虽然不是中国，但它一点也不像一座现代化的西方大都会。

他和韦生上楼来到兰亭饭店的顶楼，这儿整天都供应广式饮茶和点心。穿着木屐的女侍咔啦咔啦在倾摇不定的地板上穿梭着，有些女侍梳着辫子，有些却留着摩登的发型。有一个广州女侍认识他们，因为他俩是常客，经常来这里闲坐。

顶楼是一处可以摆上二三十张桌子的大房间。近门的台子已经被饮茶、吃冰激凌、喝饮料的客人占满了。他们选了一张可以面海的靠内角台子坐下。韦生点了一瓶生啤酒，新洛则叫了一杯姜汁露。

他们自从大学时代就很要好，两人还是同乡。韦生今天穿了一件短袖衬衫，下着轧别丁斜纹西裤，人较清瘦，皮肤白皙，手指纤细。令人费解的是，为什么爱好文学的中国人，个个都是一副白脸、细手的模样？这倒和他一头乱蓬蓬的硬发，不经心梳理的卷毛颇不相称，使他看起来是一副散漫不羁但又略带诗意的模样。

两个人都是中、英文造诣极佳的能手，他们的话题经常是含涉当代时事与中国古代历史、文学，等等，其内容深度远非一般现在的大学生所能达到。新洛觉得韦生跟他很谈得来，彼此也都敬重对方的修养。

韦生有一个习惯，谈话时总爱叼支香烟，让烟轻轻拂过脸庞，再眯起双眼。他老是垂着眼皮坐在那儿，头部微微后仰，加上整齐的髭须，予人一种老牌红记者的味道，仿佛他什么都知道，又好像什么都不相信似的。偶尔，他会眼睛睁得大大的，目光炯炯地观看周遭有趣的世界。

新洛曾经多次听他说过："当一个记者，我报道事实的真相，但是上帝却又不让我说出整个的事实。"或者他说，"我从没有说过不真实的话，但是我也不能说出每一句真话，要不然我就会保不住饭碗了。"

他热爱记者的工作，毕竟干这一行并不是荒谬透顶。"我对新加坡有兴趣极了，它简直把我给迷住了。我看透了生命丑陋的黑暗面，也看透了那些吹牛大王和所谓'爱国'的民间领袖，但对他们又不能挖苦得太过分。我倾听他们优美的演说，事后详加报道，有时候自己感觉像是戴假奶、装假睫毛的电影明星的丈夫。我喜爱这一切，因为写起来很容易。不过，若是连我自己也以为每天胡写乱涂的这些废话可以当真的话，那我才真是该下地狱。为了维持生活，就是这么回事。"

相反，新洛直挺挺的仪态、整齐的头发、熨烫平整的白衬衫，处处给人一种整洁、讲究、有涵养而又具有运动气息的形象。所以，连家里的用人阿花，也知道他在英国公司做事，每天给他烫衬衣、擦皮鞋都格外勤快和用心，好配合他和英国人为伍的身份。新洛和韦生两人，都极为钦佩对方特有而本身缺欠之处。

韦生啜了一大口啤酒，手指抓抓僵硬的乱发："像昨天，我从头到尾出席中国商社的一次集会。赖鹫在发表演讲。他张大了嗓门，和平常一样慷慨激昂，黑黑的粗手忽上忽下地摇摆，真不愧是大演说家。我全神贯注地倾听着。我得强调一点，这些坐在下面听讲的听众，他们可都是受过良好教育的人士，全是咱们中国人，属于老一代的人。林老先生也坐在那里，一身笔挺的白色西服，用手摸着白胡子，扇子一开一合的。亲切、红脸、胖嘟嘟、人缘极好的银行家谭凯松也去了。还有一些外表严肃的商人，看起来不那么富有，他们是被责任感逼来听演讲的。

"他们正在讨论应该怎样为生在这里的中国女孩子们多筹办一些女子中学的问题。你想，这些人会不知道赖鹫和他的为人吗？但是大家都静静坐着听他讲。他的话题主要是说新加坡到处道德沦丧，有必要维持我们中国女子的固有道统。大家面面相觑，交换眼神，还有人在哧哧偷笑。他提到欧洲妇女穿着那种不堪入目的单片浴衣……拜托，借个火。"

韦生烟卷叼在唇上，但讲话的时候，香烟湿了半截。他常常忘记带一些东西，火柴是其中之一。新洛划了支火柴给他，一小股白烟随而又冲入韦生双眼。他继续说道："听众里当然没有欧洲人。大家静静地听着，没有人愿为自己惹麻烦。我发觉掌声稀稀落落的……文盲赖鹭居然还戴了副眼镜。连你也可以看得出来，眼镜和他那张绷得紧紧长满胡须的脸，一点都不相配。真可以说是满脸横肉的德行……你叔叔也去了，笔直地坐在一张藤椅上，狠狠地瞪着赖鹭，像雕像似的动也不动，仿佛在审判他。”

“他和赖鹭不和，我很清楚。你知道我们家客厅走道上摆的那尊古董铜像吧。只要一进门就看得见的那个。叔叔特别喜爱它，故意放在那儿，因为他是在一个拍卖会中，喊价压倒赖鹭才买到的。”

“你叔叔直挺挺坐在椅子上，双手抓着扶手，但是他一动也不动。”

“居然听到赖鹭谈论维护女子贞节的重要！天哪，假使你也像我一样当个记者，你就再也不会相信任何事了。我们四个报界代表坐在前排，拼命记录。集会结束以后，赖鹭还特地跑来问我，是不是全记下了？我复述了一遍，他听后表示很满意。看到今天早上报上的大标题了吧？”

“看到了，结论就是那样：我们需要一所新的女子中学。理由是，为了维护中国女性纯洁而完整的处女之身……大标题，登在第一版上。”

“当然啰，那是他的报纸。他对我们挺不错的，他还经常抽空跟我们在一块儿玩，若有什么消息想让我们报界为他报道的时候，他便邀请我们到他的俱乐部去。并一再向我们解释为什么他要替中国社会尽那么多力。他使我想起了‘狗肉将军’，怀抱中搂着白俄女郎却又一面和美国顾问见面，有时候几乎让我相信他是诚心诚意的。”

新洛微笑说：“你觉得他不是？”

韦生倾身捻熄了烟蒂，抿起嘴唇说：“得了，得了，你该不会相信报上的每一条新闻吧？”

“有时候我也看看小型画报。”

“他也可以买通它们。你知不知道有个叫于雯的记者小姐，文笔绝佳，写讽刺文章很有一手，可以说是讽刺专家！她在一份小报上写了两篇报道赖鹭的文章，妙语如珠，他就立刻在我们报馆给她安排了一份工作。我告诉你，赖鹭是新加坡最精明的人物之一……”

韦生把头扬一扬，吸引女侍的注意，说：“再来一杯生啤酒。”

“喝一杯姜汁露吧！”新洛说。

“不，我不太喜欢混合饮料。”

新洛把他叔叔要他娶吴爱丽的计划，以及他所采取的举动等，都告诉了韦生。

“你真笨，”韦生说，“换了我，抢都来不及呢。反正都是年轻的女孩子，有什么差别呢？”

新洛搞不清楚，是他这位好朋友太肤浅，还是他的话意味深长。

韦生又说：“爱丽是一个不错的女孩，我绝不在乎当吴恩喜的女婿。天哪，我还真求之不得呢！”

“要是你受不了那又胖又老的岳母的时候，你怎么办？”

“我会要她破财，花大把的钞票，让我跟她女儿办理离婚。我说新洛啊，你是理想主义者。我会离她远远的，然后再偶尔去拜访她，慢慢和好，就算你不想娶她也没关系，这样做也不伤感情。反正，世上就是这么回事。”

“说些关于赖鹭的事情听听吧！”

“你是指报上没登过的，还是要我讲他见不得报的事情？”

“我叔叔跟我讲过一些他的事情。说他如何叫戏子到他的俱乐部去，每次玩几个月以后，就把她给甩掉，然后再换一个新的。”

韦生皱皱眉头："他追求那些年轻的女孩子，尤其是玩弄一些穷家少女，倒无所谓。昨天的演讲，让人感到滑稽，也就是这个道理。每一位在场的人对他都一清二楚。他还走私武器和弹药到印尼，换取雅加达和泗水运来的少女，像这种事，也已不值得大惊小怪了。反正，他在接收站的下手会替他办事，诸如此类的非法勾当，守法的商人是绝对不敢的。"

"那他为什么当上中国商社的总裁？"

"因为他想当，别人都不愿意干。"

"他干了些什么？"

"我刚才说过了，他干了些什么都无所谓。真正叫我惊奇的是，当他老婆住院开刀的时候，他连去都不去看一下。最后虽然去了，那还是他的儿子们求他去，在不得已的情况下他才去的。"

"还有呢？"

"还有很多事情，都是正经的商人所不屑一谈的。我们中国人向来恪守法律，英国人在这里定下良好的法律，咱们就乖乖遵守。因此中国人在南洋发达，全靠节俭、卖力和守法。我们尊敬英国人，因为他们自己也一样守法。我们的商人都靠做合法的生意发财致富了，固然'无奸不商'，有时候，生意人也恨不得割断同行的喉咙，但是他们不去走私，赌牌也不作弊。"

"赌牌？"

"打麻将。你守秘密，我就告诉你一件事。他们俱乐部里，暗中装有一套完善的闪光信号系统。有一位从槟榔岛来的林先生，一夜之间就被骗掉了十万元。"

"怎么被骗的？"

“在俱乐部里玩麻将的时候，你知道的，有很多女侍来去不停地送些湿毛巾、饮料、香烟和水果。其中之一受赖鹭指示偷看对方的牌，然后上楼去打电话，假装是外面打进来的，赖鹭就拿起旁边墙上的电话来听。只要赖鹭跟同谋知道对方手上有什么牌后，就不放出他要吃、要和的牌，对方也就没有机会赢了。当然，这一套也不能频频使用。还有其他的手法，女侍可以走上来问对方，要不要水、啤酒或威士忌，这些字眼儿分别代表他手中的每一局牌。你去过那里吧？”

“去过一两次。”

“你知道那是一个方形的房间，四面都有窗户，三面环海。窗子外有一串细小的小电灯泡——红、绿、蓝、黄等颜色。当蓝灯亮的时候，表示对方正要和风子；红灯一闪，表示和条子；等等。由于里面的灯光太亮，对方根本注意不到外面的小灯。”

“一夜输了十万？”

“你猜怎么了？林先生终生变成了他的奴隶，供他使唤。赖鹭只要威胁他说要收回全部债款，他就只好乖乖地为赖鹭做他所要做的勾当了。”

“你是怎么晓得这些的？”

“唉，任谁都知道。像这种事情，那些跟他同谋的人，会忍不住透露给好朋友听，也有些已离职的女侍，她们也会无意中说出来。”

新洛站起身来，走到电话边，打了个电话给琼娜，告诉她，说他要回家吃晚饭。回到台子上，他付了酒钱留下五毛小费给女侍，拿起太阳帽，他们一道离开了兰亭。新洛踏着轻快的脚步走着，路旁的少女们忍不住回眼多瞄他一眼。

第三章

新洛招了一辆计程车，坐车大约二十分钟可以到家。车子转上康奈特大道，很快驶过钟塔和广场，壮伟矗立的维多利亚纪念堂就在左边。

此刻真是思绪万端，他内心有着无限的感慨。听到的一些话，都叫人泄气。

来到新加坡已经六年了，大都会的魅力开始渐渐消逝。他从来不觉得自己归属这里。这儿既不是中国，也不是真正的西方都市。他无法使自己像叔叔或一些朋友那样，把这个外国港埠与自己结合为一体，情感上对它不觉得亲切。

在这座城市里，做生意和搞船运是每日的生活，新洛天生对这些丝毫不感兴趣。此地大多数的人，为了讨生活而日夜汲汲于自身的工作，根本没有闲暇思考旁的事——成千上万赚不到旅费回中国的移民，背负一百五十磅货物但求换得一碗饭吃的码头工人，他们离开大陆故乡的时候，都曾梦想自己会发大财，个个两手空空，背上几件薄衫，一无所有地从中国远渡重洋来到这里，为的不外是想寻找财富。他们曾经看到，也听说过，不少人到了海外，一年总能寄几次钱回家。他们也希望自己能够这样，寄钱回去给父母、妻子、儿女。所以每个人都咬紧牙关忍受一切，晚上倒头就睡，累得什么也不去想了。这是艰苦的生存挣扎！人生自古如此。有少数人凭借恒心和辛劳的工作，把每一分钱都省下来，如今闯出了名堂，有人变成百万富翁，但多数人却仍然只够温饱而已。还有小部分的人因为寂寞、想家、绝望变成了“癫狂”。“癫狂症”是一种大家都知道的精神病，移民们却把原因归咎于马来妇人给他们喝下的一种魔药。

很多人因为有亲戚在这儿开店，前来帮忙看店。成千上万的移民一年一年地拥进来，散布在马来西亚、印度支那、婆罗洲、荷属东印度群岛等地，为的是逃避家乡人口的压力。

东、西方的冲击向来是痛苦的，新洛可以亲身感受得到。这里是著名的国际港口，却实行着英国的法律、公理、薪聘警察（和中国完全不同）、公仆、银行和财政制度，等等。所有规章制度均强制施行于这些生活习惯及社会标准完全不同的人民身上。反而有些人，仅仅为了这里能找到家乡所没有的法律和公理——就这唯一的理由——不惜离乡背井来到此地追逐和平与安全感。

英国人在这儿，大多自比为流浪者。他们宁愿远离熟悉、了解的伦敦、比卡德利广场、汉普斯德、爱丁堡或约克郡。中国人也觉得自己是侨民，为了做生意才旅居此地，梦想有一天再回到故乡时，家乡的一切仍会像往日一样，依旧熟稔如昔。这都是观念使然。

当然还有马来人，他们是这儿真正的土著，他们对其他国家一点都不了解。此外，还有不少的欧亚混血人种，是东、西方文化接触的产物，他们也在这个东方大港过惯了混血杂陈的生活。

新洛想起了韩沁，他今晚跟她有约会呢。

也许需要一个女人，才能使他在这儿觉得自在，让他真正安定下来。很多移民来此的中国人，在结婚、定居后，就永远不想回故乡了。

他回到家，他们已经开始吃晚饭了。他的位子摆得好好的。

“我们知道你马上回来，所以没有等。”婶婶说。

“噢，婶婶，应该的。”

婶婶就是这样，就算在家里，也永远客客气气的。

她看起来五十多岁的样子，其实只有四十五岁，外貌予人圣洁、贤淑的感觉。毫无疑问，她已适应了自己也知道不好受的生活。叔叔到了四十岁还没有子嗣，立刻遵照儒家传统说法，娶了琼娜当姨太太。于是，婶婶自幼承袭的优良教养，那种敏感和体贴的本性都派上了用场。不过，她的眼睛仍然保留了难以言喻的目光，显示出她少女时代，也曾憧憬自己拥有儿孙满堂的婚姻，而不是现在无儿无女的情景。她将甘之如饴地静度此生，绝不无谓动气伤感。

阿花拿了一块热毛巾给新洛。下午喝了两杯姜汁露后，他精神奕奕，胃口大开。

“爱丽打过电话来找你。”琼娜说。

“什么时候？”

“你刚走她就打来了，我也正要出门，我告诉她你晚上会回来。”

“她找我有什么事？”

“她没有说。”

“她有没有叫我打过去？”

“没有。”

她打电话来干吗？真叫人搞不懂，他想。

他们继续吃饭。新洛觉得叔叔不时地瞥他一眼。他以为今天碰面的时候叔叔会大发雷霆，或是像平常一样狠狠训他一顿，但是他却一句话也没说。新洛十分意外，难道是暴风雨前的宁静吗？

“赖鹭………”他一开口就觉得这种气氛不适合讲笑话，猛然停顿说，“噢，算了！”

吃完晚饭，新洛上楼的当儿，电话铃响了。

“少爷，你的电话。”用人大喊。

新洛从楼梯转身下来，到客厅接电话，琼娜和叔叔都望着他。

“是……噢，是你呀，爱丽……不，不……我很抱歉。不！一点也不……好的……”

“是爱丽。”他转身说。

“她说了些什么？”

“她打电话来替她母亲道歉，说她感到很抱歉……我不会放在心上的……问我能不能见个面，要我明天到她家跟她打网球。这种情况下，我只好答应了。”

叔叔舒了一口气，表情轻松下来。

琼娜盯着新洛说：“她到底是怎么说的？”

“她说她跟母亲吵了一架，她气得要死，还问我气不气。”

“没有想到她会这么激动，”琼娜说，“看样子她是非常爱你，你打算怎么办？”

“至少在礼貌上，我还是应该去看看她。”

他摆了摆手转身上楼去。

叔叔满腔怒火，心中咕哝不悦。他走出客厅，走到铺砖的阳台上，琼娜随后跟了出来，他默默地点燃在家常抽的约一尺长的中国烟杆，闷声不语，把点过烟的纸灰在地板踩熄，长叹一口气说："水往低处流，永远不逆流的。自从新洛的父亲过世以后，我就一直把他当自己的儿子看待，我供他读完大学。大学毕业后，我还期望他能够在我的事业上帮点忙，只要他对我这个做叔叔的多体谅一点、敬重一点，将来我这些产业都是他的。但是水往低处流，从不往上流。年轻人只想到自己，好像我对他没有半点恩惠似的……"

"其实他也并不完全像你说的那样，"琼娜解释说，"他很尊敬你，我看得出来。他也不是不了解你对他的栽培。他曾经对我说过，为了多吸收一点实际经验，所以才进法律事务所做事。这是每一个学法律的大学毕业生应该走的路子，何况坚守本身的行业，对实现他的抱负，可以说意义重大。"

琼娜早就发现，老爷看起来很自信，其实对自己并没有太大的信心。无论讲话或吐痰，他的声音总是很响亮、很坚定，但那只是他天赋的声音。她发觉，只要别人用甜蜜、礼貌的态度来提出相反的小意见，他会乐意接受，这样可以考验他的判断。在这种情况下，叔叔是愈来愈依赖琼娜，而且发现她是值得倾谈的女人，总觉得有她相伴是愉快、有益的。如果她的意见和他相同，他就更坚定自己的信念，为自己感到满意。

"我懂，但是你看看我，今天咱们是新加坡人人景仰的家庭。我花了二十年的光阴才获得今天的成就，又过了五年我才有把握买下这栋房子。二十二岁来到这儿，一直在橡胶园做苦工，两只手什么都干过，辛苦十年好不容易省下五百块，回到家乡讨了一个中国太太。现在年轻的一代根本不知道想存一点钱，要流多少汗、挨多少饿。”他说“年轻的一代”，其实只是指新洛。“新洛有点像他父亲，他父亲也是我把他接来这里的，以为他能帮帮我的忙，可是待不到三年他就说在新加坡不习惯，要回家去，后来我还为他在漳州买了一栋房子。”

“他父亲长得什么样子？”

叔叔的笑声洪亮而低沉：“哈！哈！长得倒跟新洛相像。他一向是这也不喜欢、那也不喜欢的个性。祖父过世后，我很希望两兄弟住在一块儿共同奋斗，但是他不肯，执意要回家乡去教书。噢，他自尊心很强！有时候我汇钱给他，但是他就从来不开口向我要一文钱。其实我也很骄傲家中有他这么一位学者……不过这个新洛啊，我倒期望他能增长一些见识，而不必像我一样费那么大苦力开创事业。如果他以为赚钱容易，就让他到热带丛林去采一天橡胶，让他尝尝那种苦头！我年轻的时候，多么希望能和有钱人家结成亲家！他简直不知道自己有多么幸运……我不知道他是想干什么！”

琼娜望望他，想了一会儿才说：“他好像不喜欢爱丽。”

“那他就是不知好歹，将来可能跟他父亲一样潦倒终生……”

他们听到侄儿下楼来的脚步声，渐渐往大门的方向消失了。

他们坐在向海的阳台上，看不到他，不过他们知道他要外出。

夜色很美，海面吹来习习的凉风，从这里望去，海角向南弯曲蜿蜒，远处市区的灯光，把海湾上的天空照耀得异常明亮，使地平线上映出桃红色的烟雾。在他们正前方的大海仿佛沉睡了，只有点点小浪花懒洋洋地拍击着泥泞的岸边。海湾中间有一个小小的黑影，闪着几盏灯光，那儿是渔家居泊的地方，四周围有桩材和渔网。近处的草坪上矗立着一盏灯火，照亮了旁边几株高大、歪斜，约有三四十尺高的椰子树。天色渐暗，附近传来断断续续的蛙鸣，像谁在不停打嗝似的。

“他到哪儿去？”叔叔问道，“年轻人整天整夜往外跑！”

“今晚是周末嘛。”她想庇护他。

“一定是去和女孩子约会。”

琼娜听得出他口气中微微带有嫉妒的意思，她没有搭腔。她不仅仅是维护新洛，在她内心深处，她从来不希望此刻的生活有任何的变化——圆满、充实的小家庭生活，毫无疑问，她就是家里丈夫唯一的伴侣，也是这个家中的女主人。她知道，新洛迟早要成家，一切总会改变，但她下意识地要阻挠这档子婚事，而且一意坚持到底。因为她不喜欢这一个势利的亲家，将来万一新洛跟吴家成了亲之后，他们一定会处处冷落她、轻蔑她。

韩沁倒不同了。到目前为止，她还没见过这个女孩，但听新洛说过她是一个欧亚混血儿，叔叔要是知道，不气得跺脚才怪。从另一方面来说，欧亚混血的女孩子很少能适应中国家庭的。她们的观念跟欧洲女人一样，她也许要搬出去住。

琼娜不希望情势过于复杂。她想自己拥有这一栋房子，她现在已经帮着丈夫管理产业，认识了所有员工，也通晓生意上一切进账和开支的情况，她真希望自己能有个亲生的骨肉！此外，她既年轻又时髦，若有一个西洋女人当亲戚也蛮有意思的。

他们听到一声铃响和用人上楼的脚步，一定是婶婶需要什么东西，也许是一壶茶或一杆止痛的鸦片烟吧。这是例行之事，他们一动也不动。假使要找叔叔或琼娜说话，用人会下楼通知他们。婶婶沉迷于鸦片烟和佛教中，日子过得很自在，身心两方面也很平静。她通常每两个礼拜到外头的庙里烧香。这时候或是晚一点，她一定在念《金刚经》——

色即是空，空即是色，万物众生，若胎生、若卵生……俱如浮眼梦幻，如泡影、如珠露，亦如闪电……

真的，她在苦心修炼，深信人生在世肉体的生命、感性甚至心灵，都不过是一种幻觉。摆脱了不可靠的感性所造成的幻觉，超越一切痴、贪、嗔的世俗情欲，就可以达到无限平静的境界。

她的生命是一场空？琼娜是一场空？人可以瞬间达到超脱的境地，而又在刹那之间再回到有形的世界，重新对万象产生感性，使心灵引领形体。

“但是这样太傻了，”女孩甩甩头说，“我不在乎，你懂吗？很多时候人就是不在乎别人的说法或想法。从小我就说我自己可以照顾自己，也同情那些不会照顾自己的人。懂我的意思吧？”

女孩边说边吐出一口烟圈，努努嘴唇，脸上绽放迷人的微笑。甩头的时候鼻孔微扬，她迅速把秀发向后拢，粉颊再次用手托住，目光凝望着黯黯的夜色。

新洛不断盯着韩沁的面孔，用手轻轻地爱抚她那乌黑的发丝。她也望着他，妩媚地笑着，缓缓伸出手握着他，脸上流露出一副幸福、满足的表情。两张脸相距不到一尺，四目交投，热情不亚于一对已经订过婚的恋人。露天台子上方的灯光，映照着韩沁白皙的轮廓，以及她那笔挺的鼻子和长长的波浪似的秀发。

她握着他放在台子上的手，热情地揉捏着，双眼在浓密的睫毛下盯着他，握住他手的表情，似乎在说，她要拥有它——永远、永远。

新洛提起她雪白、涂着蔻丹的纤手，温柔而热烈地亲吻着。他从来没有和白种女人这么接近过。她的外国式发型、高鼻子，尤其浓密漂亮的睫毛，使他像喝了烈酒一般。她的眼睛，有时候严酷、漠然或尖刻，现在却充满了柔情。刚刚她开口大笑一件傻事，还展露出满口的皓齿。

今晚，她逛东岸路的夜市穿了一件惹人注意的水手装——白长裤、低领的蓝白条子套头衫——还配上一顶别致的小帽。她把小帽摘下搁在台子上。

突然她把背靠到椅背上，用力过猛，连头发都弄乱了。然后把头一仰，双手搁在脑袋后面，望着满天星斗的天空，懒洋洋地说："我才不在乎呢！"

是的，她不在乎这种坐姿，穿着紧身内衣的胸部，已在不知不觉中格外地绷紧挺起来，予人遐想。

她骤然起身站了起来，一手啪嗒戴上帽子，一手牵着新洛的手说："来，我们走吧！"

这对年轻的恋人依偎着，她用手臂环着他的腰，两人乐陶陶、怡怡然地渐渐消失在夜色里。

自从两三个月前认识韩沁以后，他就被她直爽的个性、孩童般的活泼气息以及略为成熟、毫不做作的模样给迷住了。

有一天下午，他在离家不远的海边大道漫步。三个少女骑着自行车向他驶来。其中一位由后面擦了他一下，自行车摇摇摆摆了一下子又骑正了。她回头看看还开怀大笑。他还没搞清楚是怎么回事，就看见那辆自行车猝然翻倒，她的红裙子就摊在地上了。

这次轮到他笑了。他走上前去想扶她，她却自己先站了起来，一手压着膝盖，一手摸摸头发，前面那两个少女也停了下来。她扶起自行车，想推着走，但是膝盖疼得厉害，车子差一点倾倒。新洛立刻上前，车子才没有整个倒下去。

“我替你推吧。”

她谢谢这位不知名的男士，把自行车交给他，一跛一跛地跟在后头。

他们来到岸边一排大树的浓荫下，树底下有草坪可坐。就在走路的当儿，女孩曾两度打量着他，眼神显得非比寻常。那两个女孩把车子分别倚在树旁，新洛也把他推的这一辆倚在另一棵树旁。

“痛不痛？”苏珊问道。

韩沁掀起裙子一角，发现膝盖上有一处血红的伤口，上面还掺杂着一些灰尘，膝盖上淌着一行鲜血。

“你一定得坐下来。”另一位少女说。

她小心翼翼地坐下身来，背靠着一棵大树，把受伤的腿伸直。

“你们俩先走，别管我，我在这儿休息一会儿。”

新洛站在她前面，望着她搁在草地上受伤的膝盖和小腿。

“要不要我帮忙？伤口必须消毒上药才行。”

韩沁的双眼慢慢由他锃亮的皮鞋、白色帆布裤子一直打量到他纤尘不染的丝质衬衫上。这是她第三次好奇地看着他。

“噢，没关系的。”她说。

“我就住这附近，我可以找一些绷带来为你包扎伤口，为了安全起见……我可以借你的脚踏车用吗？”

另外两位少女抬眼笑了笑。

“嘿，你该不是故意跌倒的吧？”她们问韩沁。

“别胡扯了。”

几分钟后，新洛带着一瓶清水、红十字药膏、纱布和消毒棉花回来。血已经差不多止住了，伤口表面发亮，小粒的血珠在膝盖附近渗流。

她的两位朋友正要往海滩走去，特意转身走过来帮忙。

“去吧！我自己会弄。”

她的朋友哧哧暗笑，然后一步步走下海滩去。潮水渐涨，水深正适合游泳。海面下的滩面平整，水色深灰，要想好好游上一回必须再往前走出二百尺以外。那两位女孩站在五十尺水深及腰的地方，游了几下，潜潜水，显得十分愉快。

新洛蹲下身替韩沁包扎。他觉得能为这么一个长得匀称，而又大大方方展伸在面前的玉腿敷药和清洗，实在是难得的殊荣。她没有穿裤袜，热带的女孩子大多是不穿的。至于她，似乎也很乐意被这位英俊、不知名的青年所摆布，她的目光随着他的双手移动，然后向上瞟，最后落在他脸上。

新洛小心翼翼、格外轻柔地洗掉了她膝盖上仅剩的一点血迹。“好了，可以了。”他边说着边站起来。

很意外，他发现自己脸上在淌汗。他拿出一条白色手帕把汗抹掉。搞了半天，他还没看清楚少女的容貌呢！

她正面带笑容地注视着他："噢，你领带上沾了一块血迹。"

新洛低下头看了一看，发现白领带上有一个小小的血渍："没关系。"

"来吧，坐下来，我替你擦掉。"

新洛乖乖跪在地上。她倒出瓶中的清水，用剩下的棉花沾湿以后，仔细用心地把污迹洗掉。他很欣赏她这副迷人的体态，以及胸衣下若隐若现的雪白胸脯。

水中的两位少女不停地叫嚷、大笑，互相泼水嬉戏，大喊说："嘿，韩沁你在那里干什么？"

新洛问道："告诉我，你是谁？"

"我不过是一个傻丫头。你又是谁呢？"

"我也不过是一个愣小子，将来会更愣，为你痴狂而变得更愣。"

"噢！"

新洛不知道，自己的命运已经在那一刻注定了。无形的红线把他们紧紧拴在一起，他们一次又一次约会。他发觉韩沁豪放不拘的个性与他很相像，而且两个人都具有健美、活泼的外形，不仅充满活力而且富有冒险的精神，彼此嗜好也颇近似。他喜欢她的声音、脸孔、秀发，尤其那浓密、乌黑的睫毛，在中国女孩子里是很少见的。有许多方面，他们也都具有共同的喜好。她认识他也正是时候，有了她，他可以忘掉一切寂寞。年轻的他，在这位异国风情的女子身上，寻获了往日罗曼蒂克美梦的答案。韩沁也深深被他吸引，所以她从来不爽约。他们两个愈来愈分不开，彼此都极需要对方。

韩沁很奔放、冲动，对礼教俗套满不在乎，这一点特别吸引他。她属于半孩子、半成熟的女人，很容易纵情于一时的欢乐，而把一切后果都置之脑后。新洛自己也是社会习俗的叛徒，总觉得自己应该做一些超乎寻常的事，来打破生活上的单调。身为一个成熟的男人，他却感到寂寞，心中渴望女性的声音、女性的爱抚，希望瞧瞧女性的鞋履。他最感高兴的，莫过于那天初次见面时，她安心喜悦地让他为她玉腿疗伤，而丝毫没有虚伪的做作、矜持样子。

念大学和在市区里他曾经遇见过不少欧亚混血的女孩，但是从来很少注意去看她们。这已不是第一次女孩子对他表示好感，然而在韩沁身上，他终于找到了自己理想中的女孩——冲动、大胆、放任、愉快、热情而又少有责任感。

后来他才知道，她母亲是中国人，在她三岁那年葡萄牙籍的父亲遗弃了她们母女。当时她们住在香港，后来才搬到新加坡，现在是住在城东的贝多区。她在果园路的一家奶品店工作。很多操英语的人，尤其是许多英籍家庭主妇和儿童下午常常到那儿吃冰激凌，喝冷饮或者购买一些奶品。

大约两个多月以前，除了琼娜和好友韦生之外，他从没有向任何人提过他热恋中的这个女孩。

就在这当儿，新洛的叔叔想撮合他和吴家这门亲事，但叔叔就是搞不懂为什么他这么钝，竟然一点都不热衷这档人人钦羡而求之不得的美满良缘。

大家都觉得，新洛应该结婚了。他自己也已拿定了主意，他要等适当的时机，再把事情向叔叔和盘托出。他不想让叔叔失望，或伤害爱丽，但是他知道这是无可奈何的事情，迟早……

一个冷静的男人一旦恋爱了，他会为爱痴狂不已。

韦生曾经取笑他。

“噢，哈！哈！你也掉下爱情的陷阱里去了。”

“那可不？韩沁使我感到年轻，有朝气。”

“我从来没想到，你是属于这一型的人，江山美人！”

韦生曾写给他一段描写狂恋的中国散文。

女人的爱

肆意破坏男人的心灵、野心、计划，
愚弄我们每一个最优秀、最聪睿的男子，
他不爱国土，一心恋惦艳姬，
不爱江山爱美人。

这简洁的片段，意指历史上每一位伟大的英雄，都逃不过美人关。无怪乎他的挚友新洛最后也向爱情臣服了。

第四章

新洛现在常常设法到果园路的奶品店去看韩沁。一到店里他通常叫一客冰激凌或巧克力圣代，静静看她当班，见她总是在台子间转来转去。他告诉过她，叫她不要打电话到他家去。

经常到了正午，当他在办公室里卖劲处理大件文件打字，或仔细查阅老板用小字做的修正、批改，或是准备中式文件的英译工作，或参考法律书籍的时候，他就很想见见她。

他的办公室离彩纤商场只有五分钟路途，坐落在一栋古老的七层水泥大厦中，门很大，天花板高悬。一台大型的桃木扇叶的吊扇，由上面钢管上垂挂下来，吱吱作响，不停地吹拂室内的热气。他的座位靠近窗边，十尺外正好面对一堵砖墙，他的位子也正好承受了室内热气的尾劲。

每天到了五点，他就戴上太阳帽，穿上白色外套，一口气地冲下两层楼梯——干脆不等电梯——闪身掠过大胡子的锡喀兵门警，快步踏上烘热的人行道。此刻大脑敏锐充满朝气，仿佛他的一天才刚刚要开始。

这时候，冰激凌店往往是挤满了客人。韩沁穿着洁白的围裙，忙得不可开交，但是她总设法走过来，对他低声讲一两句话，然后愉悦地继续工作。他发觉，有些年轻人甚至年纪大一点的男子，都总爱盯着她健美的身材，好像百看不厌。

假使他晚上有事不能和她约会，那么他就来这店里看看她，逗留个把分钟。

琼娜发现，新洛晚上不在家的次数愈来愈多了。有些天，他会故意找借口打电话回家，说他不回去吃晚饭，然后在七点左右去看韩沁。那时大多数英国主妇和小孩子都回家吃晚饭去了，顾客只有零零落落几个而已。他常常叫一客冷饮，静静等候，不然就到街口转角的小酒吧去喝上一杯威士忌加苏打，或者喝新加坡姜汁杜松酒，借以消磨消磨时间。然后他们俩再一起找地方吃晚饭，共度黄昏的这一段时光。

店里的出纳小姐和女侍妮娜，都知道这位年轻的新洛是韩沁的知心男友。经常可以看得出来她白天工作的样子和下午完全不一样。近晚时刻她精神勃勃在台子间转来转去，送东西给顾客，抹擦桌子，拾起小费扔进围裙口袋里，有时让人觉得她似乎是一个永远活力充沛的女孩。每当她低头瞥视那些妇女顾客时，新洛看得出她眼神之中带有艰涩的光芒。他经常选择坐在偏僻的角落里。遇有休闲空当儿，就见她坐在柜台后面的位子上，然后眼睛瞟向远处，目光从半闭的睫毛，拂掠过别人的头顶，而直向着他这边盯望。

有一次他们发现店里没有人，妮娜十点上班，六点就走了，那时已七点半，一个客人都没有。韩沁到他的台子上坐下来。出纳蒂玛太太也不太在意。她是一个年近五十岁，下巴双垂的黑妇人。

新洛掏了一支香烟给韩沁，韩沁正伸手去接。

“噢，不行，韩沁，这是违反规定的。”蒂玛太太说。

韩沁皱皱眉头，把香烟收起来。

“你如果非抽不可，就到后面去抽，在这里是不行的。”

“哎呀，拜托嘛！”新洛恳求蒂玛太太。

“很抱歉，这是规定。”她对韩沁和蔼地微笑。

“噢，好吧……没什么关系，”韩沁叹口气说，“也快打烊了。”

新洛一直等到店铺关门才走。

他们一踏出门，新洛就递了一根香烟给她。她接过来，狠狠吸上一口。

“有时候累得我脚跟都麻痹了。从中午开始忙到现在，整整八个钟头忙上忙下、进进出出的，一直忙到连自己都已不知道在做什么了。”

他们转过街角，看到一家商店外的玻璃窗上用红黑的字体写着奇怪的大字：公主酒吧。那是一间L形的房间，前面被吧台占了一半，左边凹入部分，沿着墙壁摆设着低背长座椅，四张深色橡木台子，台子边镌刻着不同的花纹，使室内具有一种亲切、温馨的气氛。墙上两盏壁灯发出黯淡的光芒。墙上还有一幅画了快艇的老旧壁画，和几张美女像，整个店里洋溢着缤纷的格调。这是一个你把帽子丢在桌上，也不会有人讲话的地方。

新洛点了一份雪莉酒，韩沁要了一客淡啤酒。她把头仰靠在墙上，双眸显得莹亮耀人。

“你的生活似乎不太愉快？”

“愉快？我简直恨透了，一天过完，我都快累死了。”

“一个月多少钱？”

“看情况而定，我一天可以收到三四元小费，但也不一定。衣着最讲究的贵妇最小气，反而有时候一个衣冠不整，好像六七天没刮过胡子的糟老头，还会一下子给你一块钱小费。上个礼拜妮娜从一个水手那儿，平白就收到五块钱小账。你就跑你的台子，对客人客气点就行了，仅此而已。”她此刻仿佛轻松不少。

“多谈谈你自己吧！”新洛说。

“也没什么好谈的。我三岁时候就没有了父亲，根本记不得他是什么模样，只知道他是葡萄牙人，在香港工作。”

新洛一手搭在胸前，另一只手夹着香烟，下巴微翘，目光注视着灯光较亮的吧台方向。

然后他把手搁在她腿上，轻捏了一下说：“我很高兴认识了你。”

她把身子凑近他说：“我也一样。”

他轻轻吻了一下她的前额：“告诉我，他们怎么会叫你韩沁呢？这不是中文，也不像葡萄牙文，倒有点像瑞典名字。”

“这是我父亲给我取的小名。我母亲说，我的名字叫葛莱琪拉。父亲离开以后，妈妈就继续叫我韩沁。”

“她很疼你？”

“当然嘛，我是她唯一的女儿。难道你觉得这很好笑？”

“什么意思？”

“我的名字。”

“既然我认识了你，它就是世界上最美的名字。”

“我愿意和你坦然相处，因为既然彼此相爱，我不会对你有任何隐瞒。我想这个名字的含义是‘美人鱼的孩子’。我母亲是一个‘美人鱼’——你懂广东话吧——咸水妹。”在广东话里，这个名词是指白人水手的妇人。

“你是跟她长大的？”

“我母亲送我去读了三年书。十岁的时候我们搬来新加坡，我又去读一所教会学校，由于受不了，只读了两年就不读了。我没有什么童年生活，我是在街头上长大的……”

“你却是我所见过长得最美丽的女孩。”

她调皮地拍拍他的手。

“你不喜欢现在的工作。”

“这不是喜欢不喜欢的问题。这是为了生活。当然，这个工作比当女管家要好一点。我曾经在几个英国人家里做过管家，真是受不了。你晓不晓得，他们既不把你当白人看待，也不把你当马来人看。你只得处处居于这两者中间。说来，我还是喜欢做一位能够独立自主的店员。你上班工作八小时以后——然后其余的时间完全属于自己。我忍受不了人家对我大声吼叫、发号施令。”

“我很想见见你母亲。”

“真的吗？”

“难道你觉得我不该去吗？是为了……”

女孩注视着他。

“因为我想进一步认识你，很想了解你的生活，看看你房间什么样子，等等。而且，我希望当我正式向你求婚的时候，你能答应我。”

她双目转向他说："你知道，我一定会的。"

他的手臂环抱着她的后背，感觉得到她浑身在颤动。她把头依在他的肩膀上。她简直说不出话来，一股呢喃含糊的念头，飘然填塞胸中。

"有时候我真不敢相信这是真的。这好像在做梦一样——一场我从小就做的美梦。我有过数不清的白日梦，幻想这样，幻想那样，也想象有个男孩子依偎在我身边。"她的纤指轻轻抚弄着他的下颔。"我希望将来和他可以拥有一个家和自己的小孩，不会再过像我母亲那样的生活。新洛我告诉你，我母亲那种日子，实在艰苦极了。一个女人在世上为生活而单独奋斗的确很苦、很苦，我深深体会得出。"

说着说着，她的手指抚摸到他头上，用手抓住他一撮头发。

"新洛，好几次我经过你家的时候，我从大门门缝向里边窥望。你为什么就从来不请我到你家去呢？"

"放心，我会的，等时机成熟的时候。"

她的头猛然一抬，人也坐直起来。

"为什么不现在去？莫非因为我是欧亚混血儿？"

"我叔叔是一个固执的人。他不但固执，而且还有中国人保守的观念。他对自己是中国人，感到十分自傲，就像英国人为英国而骄傲是同样的道理。他老想撮合我跟一位中国女孩成亲……我自己倒已下定决心了，非你不娶。但是我必须慢慢去说服他，靠琼娜从旁的协助……"

"琼娜是谁？"

新洛告诉了她。

韩沁晓得这是种族的障碍。身为欧亚混血女郎，她始终感觉自已是在东西方两个世界中飘荡，却不属于任何一边。

新加坡就是这个样子，各色人种都有：中国人现占多数，马来人是在自己的国土内，另外还有信奉印度教的印度人、坦米尔人、祆教徒和欧洲人。东西方是因为做生意而聚在一起，但彼此却不相同化。各种族间，不论一般风俗或信仰，都还没达到纯一、共通的境界。欧亚混血儿中，有些受过大学教育，有些却没有，都是当公司雇员，大多靠自己谋生活而自成一个体系。他们的外貌、习惯、语言都完全西化，但是情感上却不依近任何国家，也许只对自己父亲或母亲的祖国些许会有例外。

譬如妮娜，她是西班牙和中国的混血儿，因此她也长得很漂亮，眼睛也和韩沁一样美丽动人。她的朋友苏珊，在彩纤商场“小约翰”隔两家的一个英国公司当速记员，父亲是爱尔兰人，母亲则是马来人。苏珊喜欢把自己当成纯种白人、纯爱尔兰人。她一辈子不会嫁中国人，她虽然是天主教徒，却上英国教堂，因为她觉得天主教弥撒有太多中国妇女和小孩参加。在英国教堂里，四周都是白人，她才感觉到有满足感，好像那才是正当的社会团体，像这类社团是她所渴望参加的，故而除了这里，没有其他地方可以让她得门而入。除了这个缺点之外，她还算得上是一个快活、讲理、健美的少女。她一心一意想准备成家、煮饭、生孩子。她只喝瓶装、人工染色的橘子汁，不吃新鲜橘子，因为怕得传染病。概括而言，她只不过是一位时髦的女孩子罢了，从小在英国港湾长大，一切的想法都来自《桃乐丝 · 狄克》节目、电影杂志和其他各种商业广告而已。

韩沁的家住在贝多区，濒临海岸，位于闹区的东郊。那个地区盖了一排排单调的两三层楼的砖房，每一排都有一小块花园。她家房子老旧，是用漆黑色的红砖砌成的，楼上住着另外一家人。她们有一间客厅，母女和一个四岁的小孩同睡在一个卧房里。厨房宽大而明亮，后面通向小块的后院，紧邻后院则又是另一排同样形式的砖房。

马珊瑚——也就是马太太，头发浓密，香水味重。四十多岁，有点发福，不过若生在好环境，风韵仍然相当动人。她像多数广东妇女一样，在家也总是穿着黑漆夏布的睡裤和拖鞋，她也和热带地区的妇女一样是不穿裤袜的。她对谁都是一脸敷衍的诚意，韩沁介绍新洛，她马上堆满笑容。

“很对不起，这儿乱糟糟的。欢迎你来。韩沁常常提到你。真巴不得看看你这么一位让她倾心的年轻人，到底长得什么模样。”

新洛默默地微笑着。

“我们这里一切都很简陋。”马太太的语气，让他立刻自在不少。

“但是，你家倒有一颗举世无双的明珠哟。”

他看看韩沁。马太太会出他的意思。

“对，对我来说，她真是一颗明珠。”她说。马太太有一双利眼，能洞悉男子的心事。

一张年久失修的深褐色沙发椅摆在窗下，窗口垂挂着深黑色的厚帘子，抵住窗外炙热的阳光。家具不多，只有几张椅子，一张广东硬木躺椅，下面附有可以收放的搁脚架子，和一张栗木圆桌。电话放在一角的矮桌上。壁纸是暗红、深绿的颜色。这个地方看不出有一点虚伪或掩饰的气氛。

新洛发觉她母亲皮肤很好也很白，开始对她那副圆脸产生好感。

她烟瘾奇大。她女儿曾告诉过他，她是靠啤酒和香烟活命的。午餐只喝啤酒加配一点香肠，不过韩沁晚上回到家来，她总是准备好丰盛、热腾腾的晚餐。

韩沁一直站在旁边，手放在他肩上，有时候又环在他背后。

“你想看看我家，现在看到了吧。”韩沁接着对她母亲说：“他说他想知道我的一切，我睡觉的地方、吃饭的地方……你还要不要看看别的地方？”

“当然要。”

她牵着他，先看卧室。卧室里摆着一对单人床，旁边还有一个摇篮，紧靠着墙边和窗口，窗外就是后院。一张大梳妆台背面有一个可以活动的椭圆形大镜子，质料看起来挺不错，但是跟卧室却不太相称，想必是从拍卖场买回来的，还有一个高大的二手货黑色衣柜，附有大型的方形铜质把手，也和整个房间格格不入。新洛站在门内几尺的地方，浏览了一下四周的摆设。

“这个小摇篮是谁睡的？”

“我小孩睡的。他长大了已睡不下了。现在跟我睡，或者跟他婆婆睡。”

“你的小孩？”

“是啊，我们刚进门的时候，你看到的那个。”

她拉着他，让他参观光线明亮的厨房，比比手说：“通通都看完啦。”

新洛亲吻了她一下，表示感激。

“我有小孩，你觉得意外？”

“你从来没告诉过我，你以前结过婚？”

“我没有结过婚。那个孩子是我的孽债。”

她轻描淡写，一点也不难为情，她不愿多解释，只好让他自己去下结论。

他们回到客厅，马太太神情平静微笑着说：“现在你已经把我们这间小屋子，整个参观完了。”

“是的，很愉快。这是你女儿的家，对我来说意义很大。我也很高兴今天能够同时见到她的母亲。”

“我也有此同感。我希望你在这儿觉得自在。她很爱你，你是知道的。”

“我也很爱她。”

新洛和韩沁会心一笑。

她母亲继续问起他的工作、他的家庭。偶尔在谈话中也穿插一些有趣、挖苦的俏皮话。她的声音听起来洪亮而年轻。她说，她不反对把她女儿嫁给绅士，那总比浑球要好。对她来说，城里的人都是“浑球”。

新洛告辞的时候，她伸出双臂，目光嫣然，直截地看着他说：“你下次一定要再来这儿玩，随时欢迎。”

他走了以后，她转身对女儿，以失望的口吻说：“我以为他是来求我答应婚事的呢！”

“噢，妈妈……你喜欢他吗？”

“我很中意，他真是一个英俊的男孩。礼貌很周到，外貌也很严肃，而且有一份好工作。”

她走向躺椅，脸孔顿然气馁地说：“哎，真累，我已经厌倦了生活上像这样的艰苦奋斗，整天为生活而节用缩支、俭省地过日子。我只希望有一天你能好好地嫁人，让我们可以有一个属于自己的家。”

“他实际上已向我求过婚了。妈，你不觉得他相当不错吗？你刚才讲的这些事，他都对我说过了，他所说的不仅让女孩子心服，而且使人觉得自己是真正被人所爱。”

“你没答应他的求婚？”

“他懂我的意思，我没有必要多说，但是到现在，他都还没有带我去见他的家人。有一位琼娜……”

“琼娜？”

“他叔叔的姨太太。”

“你见过她？”

“没有。”

“哎，孩子，你还年轻，人又长得漂亮，可别走上妈妈的错路。我很高兴你摆脱了赖鹭那个浑球。”

“不是我摆脱他，是他把我甩了。”

“最主要的是，我觉得今天这个男孩子人很正派。他似乎对你也蛮认真的。如果你不好好把握，而让他溜出了你的手掌心，那可是你自己不对哟！”

第五章

国民革命军已到达扬子江畔，占领了沿岸地区，部队已整备妥当准备继续北伐。国民政府已经在南京成立了，北方仍然存留着极大的反抗势力，要想完成全国的统一，势必是两年以后的事。

南京攻陷的时候，一度控制东南各省的孙传芳将军部众，败的败、降的降，有些则解散、消失了。其他不在国民革命军北伐进击路线上的军阀部队，却仍然僵持不下，妄想伺机向国民革命军方面讨价还价，他们希望合并之后仍能保留自己在地方的势力，或是裁编到各单位里去。

局势很乱。蒋介石在江西北伐途中，发现了苏联顾问鲍罗廷想借机利用国民党北伐之举，扩大中国共产党势力的证据。蒋氏在上海断然拒绝了“国共合作”的建议，并且明白表示不惜和中共决裂。鲍罗廷到了汉口之后，很多国民党领导干部也跟他到了那儿，僭立所谓的“左倾”政府，双方都宣布代表真正的国民党。

漳州地方的领导人，为了因应局势的变化，也对当地重新做了一些安排。新洛的叔叔谭山泰决定回家乡看看新局面，同时向新的地方政府重新登记他的产业。

由于叔叔返乡不在，新洛有时候会在家里招待朋友，偶尔也带韩沁回家来吃晚饭，夜晚则在面海的阳台上坐坐，或俩人一道出去。

韩沁已经见过婶婶和琼娜，琼娜尽量使她感觉宾至如归，因此热心地款待她、厚待她。双方各有目的，而且琼娜和韩沁彼此谈得十分投机，俩人居然交上了朋友。琼娜对于新洛娶一个外国少女，内心感到无比高兴。

新洛有时候整晚都不回来，直到清晨三四点才回家。他问韩沁，她母亲会不会反对，她保证说绝对不会。偶尔新洛也应邀参加爱丽的宴会，但是大部分他都借口婉言拒绝。他可是从来不曾约她出去过。

由于叔叔不在家的缘故，琼娜也自由多了。莫里斯牌的轿车任她使用，她常常开车到市区去，有时候也到办公室看看。她比以前要活跃许多，也不甘于孤独和寂寞。

有时候她会由旅馆打电话给新洛，邀他出去一道吃午饭。通常她约他的时候，总是先行刻意打扮一番。细白光滑的皮肤和装扮，使她看起来就像二十出头的少女。

他们有很多话题可谈——生意啦，朋友啦，她进城做了些什么事啦，她尤其喜欢问他有关他和韩沁之间的事情，有时候真叫他发窘。

“你们上哪儿去了？”有一天她问他。

新洛觉得自己将来需要她帮忙的地方很多，所以很谨慎地回答她说："到老地方去了。"

"老地方？是哪里？"

"海岸附近嘛，她已经答应嫁给我，我也准备娶她，等叔叔回来的时候，你可一定要帮忙哟。"

"当然，我一直对你不错，你也是知道的，你认为我对你叔叔真的很有影响力吗？

"当然，女人对自己丈夫总是有影响力的。"

"我会尽量帮忙。他也渐渐老了，有时很健忘。你没有告诉我，你和韩沁一整夜在沙滩上干什么。"

"还不是和所有年轻的恋人一样嘛，谈情话，接吻。"

"就这样？"

新洛不想回答。琼娜看看他，抿嘴笑了。

"好吧，"她说，"我现在要回家了。已经逛了一早上，我只是要让你明白，你要我做什么我都肯的。"

她这话是什么意思？到底她说这话是什么意思呢？是不是她的话里另有含意？从她看他的眼光，以及纤手摸他良久的动作，他一定明白的。他送她上车，然后回到办公室。

有一天，他接到她从旅馆打来的电话，说她有要事，非见他不可。

"有件事情我一定要告诉你，而且只能告诉你，非常重要。"

"什么事？"

"电话里说不清楚，你能找个借口告假出来一下吗？"

"呃……我想可以吧。"

"就说你要去看一个病重的亲戚吧，随便说什么都成，我在南京饭店，一道吃午饭，饭后我们谈谈，你再回去办公。”

午餐的时候，她没有谈到那件事，不过显得很兴奋，还有些紧张。眼睛四周的皮肤非常光滑，鬓边的卷发使她显得楚楚动人。有时候眼睛看起来整个都是黑的。

午餐过后，她说：“上我房间来吧。我在楼上开了一个房间，我们可以上去谈。”

他们进了电梯，来到三楼，走进门边。她用钥匙开了门，在外边挂上“请勿打扰”的牌子，然后从里面反锁。

这是一个大房间，闪烁的阳光由窗外射进来。她走上去，把百叶窗拉暗一半。

“外衣脱掉吧，好热，你要不要洗个澡？”

新洛脱掉外衣，放在椅背上。

“我觉得很舒服。”他说。

“你不要洗？真的不要？我可要洗一下，我一早上都在流汗。”

说完她就进浴室去了。新洛坐在那儿，不知道她有什么鬼事情一定要叫他来，像这样秘密讨论。过了一会儿，他听到她叫：“新洛，把我的梳子和口红拿来。”

“你怎么不出来拿呢？”

“没办法……拜托，在我手提袋里。”

过了一会儿，她又说：“口红和梳子，找到没有？”

他敲敲浴室门，她开了一个小缝，他看见她身上只裹着一条毛巾，酥胸半掩。她伸出光光的膀子来接那两样东西。

又过了五分钟，她穿着粉红缇白边的套裙出现了。

“你别在意，这里热死，反正也没有别人。”

她懒洋洋地坐在沙发上，身上除了透明的套裙，真的什么也没穿，然后她站起来开电扇，又用手拍拍沙发。

“来嘛，坐下来。”

新洛看出她的意思了。他在家里见过她各种衣冠不整的姿态，但是这一回已到达极限。她看起来真漂亮，是刻意打扮过的，一个女人穿着拖鞋，又把头发放下来扎成辫子，看起来就像年轻的少女一样迷人，他犹豫不决地上前坐下。

“现在真的没有别人，我们可以好好谈一下。”

“谈什么？”

她举起一只手，拂拂新洛前额的那一撮乱发，用她惯有的低音含笑说：“别傻了，前几天你要我帮忙，你若求我，我当然会帮你，说不定你也可以帮我一个忙。”

“那要看什么事了。”

“别以为我在你叔叔背后说他的坏话，那个老古板，他根本不知道年轻人的需要，我年轻，长得还马马虎虎，我也有一个难处……给我一根烟吧。”

新洛由口袋里掏出一根，替她点火，他们的面孔贴得很近。她抓稳他的手，向上望着他。新洛脸红了，他觉得非常不舒服。

她长长吸了一口烟，他缩回手，她的手也跟下去。她说：“有时候我觉得好寂寞，除了你，不能对任何人说……”

“那就告诉我吧。”

“你要先告诉我，你是真正关心我，也肯照我的意思去做，你对我还满意吧？”

这问题很牵强，似乎没有必要回答。

“琼娜，拜托，你到底有什么烦恼？”

“你以为我没有烦恼？”

“是你自己，还是我们家的问题？”

“我自己和我们家都有关系，除非你说你对我满意，你很喜欢我，不然我不能说。”

“琼娜，我喜欢你呀……很喜欢，到底是什么事？”

“那就好多了。”她倚进沙发里，把套裙往上拉，眼睛望着天花板，仿佛自言自语说，“新洛，我要向你倾诉一切，你叔叔既不必知道也无法了解的一切。那个老古板夜里常打鼾，我又是一个醒睡的人，所以常常睡不着——胡思乱想，想着我自己和你们家的未来，等老家伙过世，就只剩我们俩了，对吗？”

“对呀。”

“我意思是说，你婶婶对家务事从来不感兴趣，她只想救她的灵魂，她伴着她的菩萨……”少妇哧哧笑了几声，“我们俩要从头开始，如果我们互相多了解一点，不是更好吗？有时候我常想，你为什么对我那么冷淡，昨夜我听到你两点才回来。我告诉过你，我有失眠症，你不觉得我会有些感触吗？我再也睡不着了。我听到你上楼的脚步声，我听到你开灯……我爬起来，到走廊上望着你房里传来的灯光……我……”

她突然泣不成声，倒在他怀里：“新洛，求你，我好爱你。”

他怎么让自己陷入这样的局面呢？他承认她外形很美，但是他的教养不容许家里有这样的关系发生，倒不是爱不爱她或敢不敢的问题。

他感到她头部的重量轻轻压在他胸上，她的手臂紧抱着他的身体。这就是琼娜，一向很冷静，现在却完全崩溃了，又弱又缠人，像小孩一样大哭着，他怎么办？

“琼娜！琼娜！”他柔声说着，扶起她的肩膀，轻轻推她。

少妇抬头看他，两眼湿湿的，充满哀求和情意。新洛一时呆住了。他们的面孔贴得很近，突然她用力吻了他一下。

他也回吻，迟疑一下，突然中止。

“你不能……我们不能……”

“新洛！我对你感到很诧异！”

整整两秒钟，他们四目相投，两人都清楚了解对方的意思。她的眼睛交杂着迷惑、失望和热情的光辉。

“刚刚你还说你喜欢我。”

“琼娜，拜托……请你谅解……你确实妩媚动人，我并不是对你的魅力故意作态……但是……你是我的婶婶啊！”

琼娜把眼光转向窗外，泪珠慢慢沿面颊流下来。

新洛以为她会生气，但似乎没有。也许她真的爱他，或许她现在的心情很复杂。

她没有回头，仍然望着窗外说：“你不喜欢我？”

“琼娜，我喜欢，只是……”

“那就原谅我，把今天这件事忘掉。”

“当然，你是我的婶婶嘛。”

“我不是你婶婶，我只是一个可怜、寂寞的少妇，女人不喜欢乞求爱情，我求了你，你却拒绝了我。”

“你难道不明白……我们的家庭关系……”

“别再提这些了。”

她掀起套裙的一角来擦眼泪，新洛连忙抽出一条手帕给她。

她对着手帕擤了下鼻子，再次开口的时候，已经冷静多了。“我们之间的关系没有变？”她回过头看着他说。

“希望没有。”

“无论如何，我们两个是家中唯一的年轻人。现在如此，未来也如此。你没有想过这一点？”

“坦白地说，没有。”

琼娜逐渐说出她自己的想法：“你叔叔没有儿子。”

“我从来没想过这些。”他真的从来没想继承权的问题。

“我不得不承认，你真是一个怪人。你从来不想想，你若对你叔叔好一点，你也许会分到他的财产，甚至成为他的继承人，但你竟然坚持要还清他供你上大学的钱，他简直气坏了。”

“真的？”

“当然，这等于说，他不是你的亲叔叔，你为什么这样固执呢？你也不明白我的处境……你真的是一点都不明白。我多么希望有一个儿子！”

新洛渐渐明白身边这个少妇的想法了。

“我坦白对你说吧……你也许会奇怪，我今天为什么要你来做这件事。首先，我希望你和我更进一步互相了解。我以为你是害怕，既然你不敢求我，我只好求你了。第二，你对外人乱施恩情，何不施给家中最亲的人呢？”

“我爱韩沁，希望你了解。”

“让我说下去。我觉得有必要解释一番，我不知道为什么，也不晓得自己什么时候爱上了你，我们每天都那么接近。我今年二十七，只比你大两岁。我听到你说你爱韩沁，心里好难受，你懂吗？我很想要一个亲生的儿子，就对自己说，如果一定要借别人的种子，为什么不干脆用谭家人呢？你叔叔不需要知道。孩子若像你，就具有谭家的特征，这样做有什么不可以呢？你现在总该明白了吧？”

“我明白了，”他对这个女人的想法愈来愈惊讶，“我希望你也能够明白我为什么不能这样做。”

琼娜把头向后一仰。“你是个怪人。”她绝望地干笑了几声，“曾经是山里的孩子，便永远是山里的孩子。新洛，我说得够清楚了吗？”

“嗯。”

她抓住他的手说：“我们可以做好朋友，很好的朋友。”

“是的。”

他还弄不清怎么回事，她已经在他唇上留下了一个热吻，他忍不住回吻了她。然后她打住了，平静地说：“原谅我。我满意了，我不得不这样。”

“请你记住我爱另外一个女人——请你保持一个做婶婶的身份好吗？”

“但是我这婶婶却正热恋着她的侄儿。”

新洛从椅子上站起来，琼娜只好放开了。他笑笑说：“你知道，你很叫人意乱情迷。”

“谢谢你。”

他穿上外套，看了她两回，弯身捏捏她的脸颊说：“我们在家不能这样，我们要小心。”

“我会留意的，我可不敢啊。”

他走出去，关上门！长长吸了一口气。

真亏琼娜想得出来！她居然想和侄儿来上一手。她并不是纯粹为了情感上的理由，主要为的是，他是叔叔将来唯一的财产继承人，她就想出这个办法来保障她的安全，她的儿子，就是他的儿子；再从另一方面来说，她若不赶紧生个儿子，叔叔就会再娶一个太太，她居然想用这种特别的方法来解决她的问题！

他不知道今天发生的事对他未来会有多少影响。

第六章

叔叔去了一个多月就回来了，带回不少故乡的消息。漳州已经变了，城墙已被拆掉，一条专为汽车建造的碎石子道路正在铺设中。到处悬挂新的国民党旗和巨幅的国父遗像，邮局和银行里的女性员工随处可见。妇女也都烫发了，身穿旗袍，少女大多梳马尾。到处都是海报标语："废除不平等条约"，"废除治外法权"，"服从三民主义"，等等。穿中山装的年轻党部工作人员也随处可见。

全家都聚集在一起听叔叔讲述故乡的消息。秀瑛姑姑知道哥哥回来也来了，此外还有婶婶、琼娜和新洛。

叔叔显得很高兴，精神奕奕，眼睛明亮有神，兴高采烈谈着他此行回家乡的见闻。他已经有十多年没有回去了，这次返乡，似乎很愉快，自己给故乡的贡献出力又出钱。尤其感到得意之至，他对自己这些年来在海外的这些成就觉得很满意。他的声音响亮得像炮弹似的。

“我在鼓浪屿住了一星期，在漳州住了一星期。故乡也渐渐发达了。每天晚上都有人请我客。新首长听说我回来，也请了我一顿，所有的宗亲都来看我。我捐了一千元给我们五里沙村的学校，他们说他们急需要盖一栋新的楼房做教室。几位穷亲戚还住在我们漳州的房子里。屋顶漏水，我叫工人在东厢为他们加盖了二楼，把房子重新粉刷一遍，连院子里的破石头也换上新的。”

“你见到我母亲了吧？”新洛问。

“没有，她身体不太好。我没办法上西河去看她。但是你姐姐碧宫听说我回乡，到漳州来了一趟，她带来你母亲的消息。她说你母亲晚上咳嗽得厉害。她们都问起你，还问你什么时候结婚。”

“她们？”

“是的。你猜谁陪她来的？我不知道你四姨妈有这么一个可爱的女儿，她应该是你四姨妈的女儿吧，对不对？”

“是的。”新洛心跳不已，“你这次看到柏英了？”

“柏英就是我常听新洛谈起的表妹啰？”琼娜连忙说。秀瑛姑姑咬了咬下唇。

“是的。她问起你的近况，想知道你的一切。她跟我说你们俩是一块儿长大的。我还记得以前曾见过她，也许见过，她那会儿还是小孩子呢。我离家太久了。原来她是你的表妹。”

“是的。她妈和我妈是同一个祖父生的。”“噢，难怪她叫我二姨丈，”他微微笑着，“有这么一个外甥女，我觉得很光彩。她看起来很热情、很亲切，一笑眼睛就眯起来。我知道她祖父去世了，她现在独自管理田庄。”

秀瑛姑姑说：“我对她很清楚。她十二三岁就很活跃，很会帮她妈妈做事。”

“噢，那就是柏英哪！”叔叔说，“我在漳州的时候，她老问我：‘姨丈，你要不要这个？姨丈，你要不要那个？’看到下一代的好孩子，谁都会感到骄傲。我说要带她来。但是她说不行，她不能抛下田庄不管。她要我告诉你，她希望你回家看看母亲。你母亲病了，孤孤单单的，需要人照料……喏，这是她送给你的东西，还有一封信……碧宫也托了一封。”

大桌正中央有几个包裹——一包包干荔枝和干龙眼。还有送给婶婶、秀瑛等人的名产纤维花及绒布花，属于女人的头饰。有一包注明是给新洛。

新洛打开来，意外发现包裹里有一块甜粿，送者知道新洛最爱吃。甜粿四周围绕着甜甜的荔枝叶和几颗荔枝核。她稚子之心似乎不减当年，仿佛是要勾他记起童年时的游戏。

新洛打开碧宫的信，信里提到不少故乡的消息。

另一个信封装着柏英写给他的信件。

新洛简直不敢相信。

“不！她不会写字！她从来没写过信给我。”

“我亲眼看她写信封上的地址哟。”叔叔说。

不错，笔迹幼稚、歪斜、可笑、可怜、令人感动。新洛半信半疑，悲喜交集。他真想大哭一场。

他避开别人的眼光，手拿信封冲上楼去，他倒在床上大笑不已。想读信，眼泪却蒙住了双眼，他纵情放声大哭了一场。读不读信并不重要，重要的是，此刻他手上握着她亲笔的字迹呢。

过了几分钟，他恢复镇定，开始读信，秀瑛出现在门口。

“怎么了，新洛，你怎么回事？”

新洛含泪面带笑容，一点也不害臊。这一刻，他倒真像个大孩子似的。

“我告诉过你，她已开始自修、练习读书和写字。她信上说些什么？”

那封信横在床上，好像是练习本撕下来的一页，字体硕大无比。

“还没看呢，”他说，“让你来读给我听吧。”

秀瑛看看他泪湿的面孔，伸手拿起那封信。新洛坐起身来，两人一起看信。字写得很吃力，有些字很好看，有些则贴得太近或分得太开，一行字歪歪扭扭的，秀瑛忍不住笑出来。

信上写着：

亲爱的新洛：

你妈妈病了。你姐姐出嫁后，她孤单单一个人。我尽力照顾，因为她是你的妈妈。罔仔很好，很聪明，一天天在长大。拜托新洛，你妈妈要看你。请回家。我也想见你。

表妹　柏英

秀瑛姑姑和新洛各抓着信纸的一角。

“不坏嘛。”新洛说。

“真的很不错，”秀瑛说，“想想她才开始……这是什么？”

新洛没有注意，一张照片由信封里掉了出来。那是她的相片，一只手放在旁边一个小男孩的肩上。她看起来依然带着一份活泼的笑容，额前刘海儿、黑眼睛和橄榄形的面孔也未改变。印花棉袍下露出细瘦的身子。柏英一向很瘦。囝仔的眼睛带着闪亮、调皮的光芒。

新洛一语不发。他从来没见过她穿这种摩登的衣服。秀瑛把他忘记带上来的包裹交给了他："噢，我可要走了。我去告诉大家，你正在哭呢……"她故意逗他。

"拜托，三姑，不要走嘛。柏英叫我回家。你说我该不该回去？"

秀瑛低头想了一会儿："你将近两年没看见你母亲了。如果抽得出时间，你是该回去一趟。我想这样对你也有好处……我不晓得……我看你一直很不安、很烦恼……现在我得下楼去了。你要不要下去？"

"要，等一会儿。"

秀瑛走后，新洛看看信，又看看照片。他拿起那个拆开的包裹。荔枝叶的浓香向他袭来，使他忆起了难以忘怀的童年旧梦。那是一个他已经失去、却无法用言语表达出来的世界。往事一直残留在他心底，想抓又抓不回来。他对那些梦迄今依旧满怀信心，梦中有开心的笑容、极度的喜悦、真诚的感情以及纯情的信任。他对自己也深具信心，他相信自己将来一定能成就伟大的事业。在他天真无邪的梦中，没有男人的欺伪和女人的狡诈，一心只知要攀住星辰；在他的梦境中时时充满信心，虽然自己像星星一样孤寂，却了无惧意——那些星星就是他和柏英并躺在石坑和南山群峰秀峦中的草地上所看见的。昔日的那些梦到哪里去了？一个人能不能够在历经成人的世界时，仍永远地保留童年的心境？他能不能像柏英一样，工作时游戏，游戏时工作？假使他继续相信那些梦的话，那又该怎么办？他会不会伤心？怎么个伤心法？

这儿有琼娜，琼娜无疑是喜爱他的。但是琼娜对他的爱很复杂，它牵涉到“重大的家庭问题”，它跟柏英那种全心奉献，不计一切利害，只为爱情的欢悦而献身于他，真不可同日而语。

这就是他的问题所在。他不知道自己是否在此刻成人的生活中，依然还保留住童年的梦想，保留柏英一度带给他的世界。她现在送给他童年时玩的荔枝叶和荔枝核，这些甚至是她亲口嚼、又亲口从努着的唇间吐出来的，其用意无非是要他记起以往那个世界吧？

柏英到底希望他如何呢？将来又会怎样？也许她送信、送东西的举动只不过是另一种童年的行动——诚心诚意、清白、冲动、毫无作态，也不在乎结果？

他到底该不该回去呢？

他用力爬起来，下楼吃饭。也许他们正在等他开饭。

“少爷，开饭啰！”阿花在楼梯下大喊。

“来了。”

“有一个客人来看你。”他走到楼下，琼娜说。

“谁？”

“你的朋友韩沁。我跟她说大叔回来了，请她进来，她不肯。我说我想为她介绍大家认识一下，我们正在吃饭，大家都在。她说：‘不了，下回吧。’‘要不要留话？’我问。她说：‘不要’。”

新洛坐下来吃饭，感觉出气氛很和乐。叔叔滔滔不绝，只听他一个人在讲话。他还说，他很高兴在家乡替他物色到了一个新娘。

“碧宫也问起这事。从家乡挑选一个有教养、有礼貌、懂规矩的女孩子实在很容易，不仅可以做你的好太太，也一定是咱们这一家的好媳妇。我们可以为你精挑细选。女孩子也一定很高兴嫁到我们家来，而且可以出国来住。毕竟……”

那天叔叔比平时多喝了点酒。饭后他说他要出去看几个朋友，但是他显得很疲惫了，大家劝他早点休息。琼娜陪他上楼，扶他上床睡觉。

秀瑛姑姑还在，过了一会儿，琼娜又下来陪他们。婶婶照例先回房休息去了。

秀瑛穿一件短袖的细麻衣裳，线条简单大方。头发向后梳拢。身上没有戴首饰，衣着朴实，就和她本人个性一样。她坐在阳台入口的一张圆形大理石栗木桌边，正和她侄儿侃侃而谈。

“我能不能加入？”琼娜柔声说。

“请，我们在谈家乡的事。”小姑姑说，“我马上要回去了。”

“拜托别走嘛，老爷的头一搭上枕头，就呼呼睡着了。”

秀瑛笑笑：“他喝得太多了。我想他这趟回家一定很高兴。我们正在谈新洛的父亲。”

“也跟我讲讲他的事，让我听听。”

“他比我大很多，”小姑姑说，“我们不是同一个母亲生的。爷爷去世以后，他就一直照顾我，其实我是他一手带大的。他只谈书本、诗文，还教我画画。”琼娜没去过漳州老家，很想知道一切细节。

“新洛的父亲有没有中过科举？”

“没有。那是爷爷——我父亲。新洛的父亲参加过科举考试，但是没考上。那科举并不能代表什么。反而很多大学者都不会写八股文。用古制的八股，很难写出真正好的文章来。”

“你会八股文吗？”琼娜问。古时候，在公职考试中，考生必须照八个固定的段落来发挥，清晰的破题、字义、申论、举例，等等。

“我不会写八股。我长大的时候，科举已经废除了。”

秀瑛坐了一会儿，起身告辞。她说她要改作业，就回去了。

“你要不要上楼？”新洛问琼娜。

“不！还早嘛。这边很凉快。老头子睡得好熟，他一时不会找我。我宁可坐在这儿聊聊天，除非你想睡了。”

“不！”新洛说完，就闷声不响。

“有一天你说过要告诉我柏英的一切。你拿着她的信冲上楼，似乎很兴奋。”

“是的。她学会写字了，我真的感到很意外。她送我一张照片……等一下，我上去拿。”

“不必麻烦了，我陪你上去。我是说，纯友谊式的，放心好了。”

他们一起上楼，让门敞开着。他在床头小几上找到了柏英和孩子的照片。琼娜接过来，走向桌边，啪嗒一声扭开电灯，含笑注视着。

“我看出她眼睛很活。小孩好可爱，眼睛长得很像你。

“真的？”

“看得出他眼神带有专注的表情，耽于默想而喜欢思考，有心机，好像对生命感到很怀疑，不知道是怎么回事。他歪着头，靠在他母亲膝上，不是挺可爱吗？”

“你觉得他母亲如何？”

“很迷人、很活跃，我想。我看她一定把孩子照顾得很好，而且对于带小孩很内行、很轻松。”

“很轻松，对极了。这她一定办得到。她照料家务、烹调、洗衣，家里的一切事情她都做得轻轻松松，而且笑眯眯的。你可不要误会，她在田里干活的话，可不是这身打扮，应该说，这是她的假日衣裳。我们以前叫她‘橄榄’，因为她个子小，面孔椭圆形，性情就像橄榄核一样硬。她是在山区里出生的，我相信你可能还没见过高山。”

“我们无锡也有山，在太湖上。”

“我没见过你们那边的山。不过我家附近是真正的高山，不像新加坡的这些小丘陵。那真是令人敬畏、给人灵感、诱惑人的高山。一峰连着一峰，神秘、幽远、壮大。”

他的谈兴突然浓厚起来，仿佛正在倾吐一个蕴藏了很久的秘密，使听者不免感到困惑和惊讶。他继续说：“你不懂的。人若在高山里长大，高山会使他的观点改变，溶入他的血液之中……它更能压服一切，山——”他停下来思索适当的字眼，然后慢慢说，“山也使你谦卑。柏英和我就在那些高地上长大。那是我的山，也是柏英的山。我想它们并没有离开我——永远不会……”

琼娜听着听着，眼睛愈睁愈大，也愈来愈听不懂了。只知道他变得更加神秘，所谈的事情让别人难以感受。

“你是说，你珍惜那些高山的回忆。”

“不只是珍惜而已，它们会一一渗入你的血液里去。曾经是山里的孩子，便永远是山里的孩子。可以说，人有高地的人生观和低地的人生观，两者永远合不来的。”

琼娜神秘地笑笑：“我不懂你的话，只知道你是一个怪人。”

“说得明白一点，我有高地的人生观，叔叔却是低地的人生观。偏偏，就在地球上，人都是只知往下看，而不知向上望。”

“也许我有点懂了。”

“换一个说法。假如你生在高山里。你用高山来衡量一切，你看到一栋摩天大楼，就在心里拿它和你以前见过的山峰来比高，当然摩天楼就显得荒谬、渺小了。你懂我的意思了吧？生活中的一切也是如此。世上的一切人啦、事业、政治、钞票啦都一样。”

琼娜仰仰头，低笑了几声：“噢，好了……大家都崇拜摩天楼。他们才不像你这样比法。”

她慢慢绕过书桌，凝视墙上的“鹭巢”照片。曝光很差，洗得也差，而且已经开始泛黄了。除了取景之外，样样都不高明。右边是“鹭巢”，由几块垂直的花岗石构成，大约六十或七十尺高，裂缝中有灌木生出来。下面是斜坡的边缘，一个男孩和一个女孩坐在那里，大约十二三岁，背向镜头，一起望着晴空下的远山。

“这张照片对你一定很重要。”

“当然。我喜欢不时看看它，它使我想起童年的日子。我在山里度过一个很快乐的童年。我们常在斜坡下面追来追去，照片里看不见那个斜坡。再右一点是一个充满落石的裂口和一条清溪，对岸是无法穿越的丛林。”他指指两个坐着的人影说，“那是柏英，这是我。”

琼娜隐约看出少女所梳的猪尾头：“你忘不了她，对不对？”

“对，永远忘不了。很自然的，童年的日子，我们吃的东西，我们居住的山岳，我们抓虾子，捡小虾壳，把脚泡在里面的溪流——纯洁而幼稚的一切——你绝不会想到的事情。但是这一切却永远沉淀于我的脑海中，它随时跟着我。”

“柏英比你大，还是比你小？”

“我们是同年。我家住在山谷底，她住在西山的高地上，相距一里半的样子。村里市集的日子，她会下山来，带一点新鲜的蔬菜、竹笋，或者她母亲做的粿糕给我们。有时候，尤其是炎热的夏天，我们会到山上去。我常常看到她站在晴空底下，身影与景色辉映出一幅美丽的图画。少女站在户外，头顶着青天，发丝随风飞舞，比起在房子里可是漂亮多了。”

“这就是你所谓的高地人生观？”

“是的。你站得直挺挺，不必弯腰，不必让路，不必在任何人面前匍匐。你的骨头便是这样立起来的。”

“我开始了解为什么你眼中偶尔会流露出遥不可及的目光了……”她客客气气说了声再见，就回房去了。

第七章

一盏灯由新洛床头照下来。四顾无人，他觉得自在不少。他咬了口柏英托叔叔带回来的甜粿——看起来很像粗粿麦面，味道也相像。他觉得自己仿佛又置身家乡，再度感觉自己年少起来。

他刚刚写了一封信回家，寄给他姐姐，说他打算一分得开身就回家一趟。等日期确定，他再打电报给她。他也附了一封信给柏英。

他想起自己和柏英谈恋爱的日子，串串回忆涌上了心头。

柏英已经长成十八岁的少女。身体发育成熟，不再是瘦巴巴的小丫头了。有一天，新洛由漳州回来，上山去看她。他看见她在厨房用石磨磨米。那是他离家半年回家的第一天。两人还相距五十尺。她回头看见他，手臂在木把上僵住了。他愣愣站着，一句话也说不出来，她也一样。然后，她的手臂慢慢开始移动，石磨又慢慢转动起来。

怎么啦？她为什么不跑出来，像以前一样抱住他？现在当然不成，她已经长大了。不行，连农庄少女也知道礼法的。

新洛慢慢走向她。她放下把手，走向前来，笑得很甜，但是有一点羞涩、拘谨。

“怎么，你不高兴看到我？”

“当然高兴。”她答得太快了些。然后回头大叫，声音兴奋极了。“妈！新洛回来啰。”

然后又说：“等一下。我只剩一两碗米，马上就磨好了。”

她回到石磨边，眉头深锁。手推磨是用横的木柄来操作，柄端有绳子从天花板上吊下来。新洛静静伫立，望着她用手推石磨，身子一摇一摆的。她的眼睛不时由旁边看着他，眼神显得悲哀而寂寞。

这时他已知道，自己深爱她，她也深爱着自己。

那天下午，他们有机会在一起，像小时候一样坐在鹭巢附近的草地上，俯视阳光下的山谷。他开始吸她脸上的香味。她说：“别这样。”

“为什么？告诉我为什么。”

“因为我们都长大了。”

“没人看见嘛。”

“但是我不可能做你的太太。”

她用平淡的口吻说。她让新洛明白他们的处境。她不可能离开鹭巢，也不想离开。他母亲告诉过她，说他准备到新加坡好几年，为什么不陪他一道去漳州？那一年当然不行，他们家里人手不够。她若走了，有谁照顾祖父呢？他现在眼睛几乎全瞎了，行动、起居完全依赖她。她祖父不但需要她的服侍，心里有话，也只对她说。

光是这一点就有足够的理由不让她走了。谁也不知道她哥哥天柱为什么不结婚。家里多一个年轻媳妇，可以帮很大的忙。偏偏天柱就是不肯娶。听说有人替她弟弟天凯说媒，她不知道那有什么用。据她所知，那个女孩子名叫珠阿，是一个“脑袋空空”、好吃懒做的人。她和天凯真是天生一对，只添一张吃饭的嘴罢了。珠阿长得挺迷人的。她是一个俏寡妇的女儿，受她母亲的教导，学会了搔首弄态，最会逗弄男人，天凯就喜欢她。柏英因为他们有一片好田，所以在村里家境还算富裕。天凯和珠阿他们可能在明年秋天结婚。想到一个不太正经的少妇就要住进家里，柏英觉得十分恐慌。

第二年，新洛回来，发现她人虽然变得更漂亮，但却仍和以往一样愁容满面，凡事只知听天由命。她那年十九岁，依照风俗，也该是嫁人的时候了。她家变了，环境改变不少。天凯的婚事花掉三百块钱。珠阿虽然生在一个比他们更穷的家庭，但她总觉得，自己是嫁了有钱人。她原本应该帮忙做些田事，浇浇蔬菜啦，喂猪养鸭啦，以及农家的各项杂务。但是她不肯做。洗衣服也只洗她自己和天凯的。头几个月，大家把她当新娘，不和她计较，她可真就得寸进尺越来越过分。后来大家明显地看出来，她把自己看作家里的“媳妇”——表面上是媳妇，其实却是大户家的少奶奶。赖太太是一个乐观、圆脸、讲理的妇人，打算睁一只眼、闭一只眼。但是她也不是好欺负的，她开始摆出做婆婆的威严。往常平静、快乐的家庭，从此再也不是那么一回事了。珠阿在家自以为是大人物，因为只有她能生孩子，继承家里的香火。她一切行为都表示，这是她唯一的任务。婆婆和柏英都讨厌天凯的太太，但是也没有办法。珠阿对什么事都满不在乎，她生性懒惰，才嫁过来几个月就显出邋遢的样子，天凯也一定感到很失望，他娶的太太原来这么冷淡、邋遢，一点也不亲切和善。但是她胸部很大，臀部肉感，他根本离不开她。照理说，家里每一个人都应该互助合作才对。等到赖太太逼不得已叫珠阿做东做西的时候，双方都变得气冲冲的。至于柏英，她觉得凡事若等珠阿来做，还不如自己动手容易些呢。柏英洗衣服、晒衣服的时候，就见珠阿逛来逛去，笑眯眯的，根本没打算帮忙，简直叫人无法忍受，仿佛她肚子里已经怀了一个孩子，而她正忙着去尽母性天职似的，真是愈看到她愈使人火冒三丈。她好几次宣称自己怀孕了，但是柏英和她母亲都从没相信过。天柱一早下田，天黑才回来，很早就睡觉，一向都不太过问家里的事情。

祖父的眼睛现在完全瞎了，时时刻刻需要照顾。看到柏英和祖父——她不照风俗叫他“安公”，而昵称“阿公”——的情感，确实很令人感动。她觉得照顾祖父是她一生中最完美的事务，精神、感情百分之百融合在一起。不管她多忙，祖父的事情总是第一优先做好。他们生活还算过得去，家里有很多鸡肉和鸡蛋，柏英特别喜欢亲手为祖父烹饪，并且亲手喂他吃。

田里人手不够。天柱做，天凯吃，女人替他们理家，仿佛都是天定的。有一天，天凯提起甘才，他建议要他来帮忙。新洛在学校就认识甘才，眼睛圆圆的，笑容诚实可爱，但是在课堂上奇笨无比。他只会扳手指头做算术，最多可以算到十。所以他这样算法，七加四就很困难了。他不由八、九、十、十一算起，却弯起指头，又从一算到七，等他算到十一，根本不知道自己在“七”后面又弯了多少根指头。同学笑他，他也不生气。他承认他们聪明，却弄不懂他们是怎么算的。

“甘才，”新洛说，“别弯手指。由八算起嘛。”

他又弯起手指。“一、二、三、四……”换句话说，他就是弄不清加法的奥妙。

新洛和其他男孩子看看他，他也用坦率、善意的眼光看大家，抽起鼻子笑一笑。他有一个最大的特点，始终很快乐。他三岁就没有母亲，父亲很疼他，他是独生子。现在他父亲也死了。说也奇怪，这样傻的人却从来没有被人欺负过，他总是尽自己的一份力量，对谁都笑眯眯的。他身体很壮，肩膀宽宽的，很会游泳。这就是新洛在学校认识的甘才。

村姑们都爱逗他，但是也很喜欢他。他来来去去打零工，从不计较报酬。他根本不会想到去伤害任何人。

柏英家现在雇了甘才，从田事到最简单的家务，他样样都来。他善良、有耐心，只求三餐饭和一间房舍。

那年新洛回来，柏英含着眼泪招呼他。刚好那时候大家都在后面，在谷场上捡取落穗。柏英回厨房去拿东西。她看见新洛走进篱笆，就冲过去迎接。她握住他的手，四目交投，眼泪顺着面颊往下滴。他们手拉手进屋，然后去看大家。大伙过来的时候，她的眼睛还湿湿的。那是快乐的泪珠，她也不想隐藏。珠阿恶声说：“看哪，柏英好高兴。她一定每天都在梦想他回来。”这个玩笑太过分了。

坦白说，新洛也不知道该怎么办。他深深爱她，但是他们的生活离得那么远。他知道自己马上就要出国读书了，大家也希望他去。他要上大学，等他毕业，她一定嫁人了。说也奇怪，他总觉得她永远不会离开鹭巢。

暑假过得很惬意，他们时常见面。甘才常常和他们一道。大家都没有把他当工人，在农家间有一种极民主的作风，每个人的身价都是由工作成果来衡量的。柏英和她母亲也都喜欢甘才。只要他在，大家都找他，他也以自己的力气大为荣，很乐意替人帮忙。每当他注视柏英或是替她做事的时候，爱慕的神情总是流露无遗。那种坦率的劲儿，叫人没办法生气。看到他捡起她辫子上落下来的毛线带子，握在手中，痴痴看着，仿佛那是菩萨的圣物，然后再交还给她，真情令人感动。

有一天，他们三个人在荔枝林里，她说："我想看看鹭鸶巢的蛋。你们肯不肯替我找一个？"

"没问题。"最近这段时期正是荔枝龙眼盛产季节，甘才不论爬树、摇果子都很在行呢。

他真的爬上去了。鸟窝至少有五十尺高，架在岩石缝长出来的灌木上。

"拜托别去。"柏英大叫，"我只不过想看看鹭鸶蛋，可是爬上去实在太危险了。"

他根本没听见。岩石表面有几个零零落落的踏脚点，隙缝中一路都是密密麻麻的矮树。

"别去，别去。"柏英和新洛叫着。

"没关系。"他往下面大声说。

他一定很高兴有这样的机会。柏英和新洛两个人屏息向上望，他愈爬愈高。有东西落下来，树枝断了，但是他仍继续往上爬。到了顶端，他伸手去摸鸟巢，一只鸟惊叫了一声飞起来。他突然向后一歪，伸手去抓鸟蛋。

“一个还是两个？那里边有三个吧！”他向下大叫。

“一个就好了。噢，可千万要小心一点！”

他回身往下爬，手上握着一只鸟蛋。

“别那样用手拿，”柏英尖叫，“把蛋放在衬衣里。”

他照她的话去做，双手又可以自由活动了。他慢慢往下爬，面向岩石，双手抓紧岩面和树枝。突然在离地二十尺的地方，他踩到几块松动的石头，身子辘辘地溜了下来，稳定了一下，再轻巧地跳到地面上。

他们大松了一口气。他高兴极了，“很容易嘛，不必怕。”他说。

“你带下来了？”柏英说。

“带了什么？”

“蛋哪。”

他觉得肚子湿湿的。

“对不起，对不起，柏英。”

“没关系。你平安无事，我最高兴。”

“真抱歉。你要鸟蛋的。”

“没关系。我根本不应该叫你去。”

他脱下衬衣。肚子都染黄了，大家笑成一团。奇怪的是，第二天一早，她进厨房，甘才就拿一个鸟蛋给她，完完整整，丝毫没有损伤。

“看，看我给你带来什么。”他笑得好可爱、好开朗。

“谢谢你，甘才。但是我们不能再这样了，否则鹭鸶鸟会搬走的。”

第八章

九月近了，新洛该回学校去了。柏英既没有鼓励他走，但也没有不让他走。谁都感觉得到，她骨子里具有农人强烈的宿命论，对于外界诱人的事物，一切听天由命。

新洛准备回漳州，柏英突然说要陪他到十里外的新界。新界是通向漳州的河港。有一个商人去年冬天没有付赖家寄卖的甘蔗钱。事情闹得挺复杂的，不过有一个新界的女友愿意替批发商作保，这是解决此事的关键所在。通常这是属于男人的事情，但是天柱从来不管生意，柏英便只好自告奋勇。从这件事看来，更显得家里还真少不得她。他俩若早点从家里出发，她当天可以回来，但是既然要办事，她则打算第二天才回家。他们走路去，行前赖太太说："你一定要搭船回来，我可不希望一个女孩子家单独走山路回来。"

她七点就到新洛家，和往日一般愉快、兴奋。她带着一个小黑布包袱，还带了一根用橘木做成本来是祖父专用的多节拐杖。外乡人进入别村，这种“打狗棍”可以挡开恶狗的攻击。

“你们怎么去？”新洛的姐姐问她，“认得路吗？”

柏英指指东北面石坑的方向说：“就是那条路嘛，只要顺着河流一直走就成了。路上还可以问人。”

于是他们出发了。他的姐姐和母亲送他们到门口，看见俩人消失在转角处。他带着一个小小猪皮箱子，白绿相间，里面装些衣服，她的拐棍架在肩上，黑布包袱就吊在拐棍尾端。

柏英很能走。说实在的，新洛发现她步子比他还要快。俩人兴致高昂。九月清晨的阳光还算温暖。她身上穿着淡紫条纹的衣裳，头发又光又亮，额前刘海儿仿佛在眉眼上娇笑。他们从来没有这么亲密，好像也从来没有真正独处过。老鹰在天上盘旋，前面一片万里晴空，北面山脊上飘浮着朵朵白云。空气清新爽快，最适合远足。他们一路经过不少玉米田，偶尔也见到秋色绚丽的树丛，围绕着早晨炊烟袅袅的村落。

他们愈走，精神愈好。柏英高高兴兴向前走，脚步轻快，臀部一摇一摆的。

“照这个速度，我们不到中午就可以抵达新界了。”她精神勃勃地说。

“你不赶时间吧？”

“不，我有什么时间好赶的？”

这时候，小路由河流右岸横向左岸，水流湍急，下面是圆滑的鹅卵石。那年夏天雨量很多，踏脚石都被水盖住了。他们脱下鞋袜，涉水前进。到达对岸之后，柏英把拐棍一甩，解开了黑包袱。她拿出几块芝麻饼说：“我饿坏了，我们吃点东西吧。”

他们找了一块地方，坐在一块大圆石上。她裤子高高卷起，还打着赤脚呢。天渐渐暖了。吃完东西，柏英走到小石滩去。她叫他："下来嘛。"

她把手伸出来。他一走近，她就抓牢了。她的面孔在艳阳下发光，双脚是棕色的。头上的山风吹乱了她的头发，涓涓的流水盖住了她的笑声。

"来嘛，我们来打水漂，看谁的技术高明。记不记得我们小时候常玩的？"

他们玩了一两次，让扁扁的卵石滑过水面，弯弯的瓦片最理想。

"我找不到真正扁的。表面滑得太远，没办法造成一个'弧'。"柏英说。

"弧"是他们小时候特殊的用语，意指丢向对岸的石头或瓦片在水面激荡起的水圈。她用这个字，使新洛忆起了童年的世界，一切好像突然变了，他们又回到小时候。

"别动，让我看看你！"新洛忽然说。

她回头看他。这一刻，全世界仿佛都集中在她四周。阳光在她秀发上投下白白的波纹。她裤管高卷，站在河滩上。

她满面羞红，忙对他说："来嘛，这边也许有小蚌壳。"

她若无其事向前走，沿溪踱过去。新洛马上赶到她身边，一起找小鲦鱼和蚌壳。有几条在沙石间潜进潜出，柏英双手合拢捞了一条。"我抓到了。"她低声说。他立刻过去用手包住她的手说："你是说我们抓到了吗？"

她慢慢把手合在沙上，发现小鱼逃掉了。他们面孔贴在一起，她的手还包在他手里呢。

他们脉脉相望了一会儿。新洛抓紧她的手，温柔而自然地说："我希望能永远这样，你和我遗世独立。"

她把手放下去："你知道这是不可能的。"说着长叹一声。

"为什么，只要你肯等我。"

"我十九岁了。我不知道你会去多少年。"

"看着我，我已经和母亲、姐姐谈过了。如果我们先订婚，我不在的时候，你甚至可以先来我家住。"

"你一定要出国去？为什么一定要出国？"

"我是注定非去不可。"

"我十九岁了。你这一走就是好多年。我该怎么办？"

新洛激动地抚摸她的头发，盯着她的眼睛，把她的脸托起来。她似乎有点怕，迟疑了一会儿，然后就听任他轻飘飘吻在她唇上。她满面羞红，一句话也不说。刚才卫士般的理性还战胜了内在的情感，现在却柔顺异常。这一吻使她动摇，她忽然愁容满面。

"你不高兴和我在一起？"他问她。

"高兴。我真希望能永远这样，你、我和我的田庄永远聚在一块儿。"

"你的田庄，对你就那么重要？"

"是的。不只是田庄，那是我的家庭。你不懂……"

完美幸福的一刻已经过去，阴影向他们袭来。

回到河滩上，她说："新洛，我爱你，以后也永远爱你，但是我想我不可能嫁给你。"

他们已经道出彼此的真情，双方都有新的谅解存在。到达山间的隘口，新洛抬头一看，太阳映着石坑崎岖的棱线，顶端有一个大山隘，也就是一个深沟，横在陡直的峭壁间，很像落牙留下的齿坑。近处则是一片绿紫相杂的山腰，围绕着他们。

柏英坐在草地上穿鞋袜。“你在看什么？”她发现他呆呆站着，就问他。

“我在想，我们有一天若能携手共游那个石坑，不知有多好。我看你站在隘口中间，俯视我、召唤我。我会把一切丢开，追随你，追随你和群山。”

“我在这儿，山也在这儿。”她已经站起来。“你还要什么？”她银铃般的声音消失在山隘里，和鸟叫声融成一片。

那天下午，他们慢慢前行，高兴得忘了自己走多少路。她不再害羞了，大部分时间都把手环在他腰上。有时候他们必须一上一下爬过小山。她的步子没有慢下来，反而加快了。有时候她上山下山，两步并作一步走。

有一刻，她对他说：“世界上还有比我们这儿更美的山谷吗？你已拥有这些山，也可以得到我。为什么你一定要出国呢？”新洛没搭腔，她又说，“就算你住在漳州，我们也有香蕉、甘蔗、朱栾、桃子和橘子。还有各种鱼类和青菜。外国港口有的东西，我们哪一样没有呢？”

新洛告诉她，在西方世界、外国有很多东西，他一定要上大学去研究，他父亲也希望他去。

“你看到外国，会学到什么？”

“我不知道。”

“你觉得你会像我们现在一样快乐？”

“我不知道。”

她甩甩头，脸上有伤心的表情。

“好吧，那你去吧。我打赌你不会快乐。我想你也不会回到我身边，因为我那时一定嫁人了。”

她好像要打一仗逼他留在家乡似的，其实她只是说出自己平凡的意见。因为当时她语气十分肯定而自信，甚至带有一点挑战意味，所以他始终记得那几句话。

当天和第二天，他们一直相聚在一起。新洛在一艘河舟上订到一个位子。船要第二天才开。他替柏英找到一艘回家的小艇，那么她就可以顺依母亲的心意，不必单独走山路回家了。新洛说要在船上过夜，但是她反对，说船上装货卸货，船板要到装完货才架上去，他们根本没地方可睡。

“来嘛，我们单独在一块儿。”她说。

“到哪里，客栈吗？”

“不，我不喜欢那些肮脏的客栈。我们何必找地方呢？山边一定有地方，我们可以不花一文钱过夜。”

新界是一个小城镇，两条宽浅的河流在这儿交汇。河上有一座木桥，一端是街道，一端地势较低，房子一直延伸到乡下。

他们吃了一碗面，几块麦饼，就过桥往山边走。天色还很亮，他们走了半个钟头，看见一座小山顶有一间墙壁泛红的小庙。他们往上爬，到了山顶，才发现那只是一间烧毁的破庙残骸。焦黑的梁柱横在地板上，头上的屋顶破了好些大洞，墙壁也发黑，光秃秃的，一对残烛还立在陶土容器里。几个泥菩萨，其中一个连头都断了，更增加荒凉、无望的气氛。

“这样一个鬼地方！”柏英说。

他们又走出来，选一个干燥的地方，把东西一放，人也坐下来。

“好了，就这儿吧！”她说，“你有没有在露天过夜的经验？我可有哟。”

他们蹲在那儿，膝盖顶着胸膛，遥望下面的城镇。天渐渐黑了。船上的微光点缀着河岸，暗暗的船身静立在银白色的水面上。偶尔也有人拿着火炬，穿过木桥。

他们身子慢慢往下溜，换成躺卧的姿势。天空很快就一片漆黑，星星开始出现了。对面是山，一弯淡月已经向地平线慢慢沉落。柏英很累，但是很高兴。

“啊，天狗星在我们头顶偏南的地方，北面还有北斗星呢！”她指指北斗七星说，“以前天气晴朗的晚上，星星一出来，天凯和我就数几颗，但是星星一颗接一颗出来，我们只好放弃了。”

新洛躺在坡地上，船夫的灯火就在他下方，他心情很沉重。每一颗流星都像利箭，使他心悸，此刻除了身边的少女，什么都不敢想。她起身坐了起来，双眼望着他。头上无数的星星一堆堆出现，好像在嘲笑着他们，而流星却像一排排火花，闪过天空，烧灼他的灵魂。

“你怎么不讲话？”她问着。

“只是在想——想一切——关于我们和我的未来。”

“那就说给我听听。也许以后不会有这么一夜了，只有你和我单独在一起。”

新洛开始谈起，他那年毕业后，就要到新加坡去。他告诉她，他要学医，又跟她谈些世界的地理，五大洲和两大洋，等等。她专心听着，不断说：“我不懂。”

“我告诉你一件事好吗？”她说，“其实这次出来是我计划的，因为我要送你，因为我希望一整天在一起，能好好谈一下。你马上就要走了，我不知道什么时候能再见到你——当然啦，我希望你今年寒假会回来。你将来会变成好医生、大医生，把我甩在脑后。”

“别那样说。忘掉你？那是不可能的。”

“天知道。那些外国女孩子，总有一个人会抓住你，说不定你连家也不想回了。”

“别那么悲观嘛，柏英。”

“我要讲，我一定要讲。你今年寒假如果不回来看你母亲，你一定要告诉她，她就会告诉我，我就找理由到漳州去看你。”

“你有什么打算？”

“噢，我会嫁人。”

“嫁谁？”

“不知道，现在还没有决定，祖父需要我。如果我不关心祖父和家人，我就会出嫁，离开他们。但是我真的很关心他们。我若离得开祖父，忘得了这个家，我就叫你娶我，让你带我去新加坡了。”

“为什么不行呢？”

“当然有原因嘛。”

他们又谈了些别的事情。然后她困了，还是睡觉吧。毕竟他们已累了一天了。她在他身旁躺下，天真地说了一句，才闭上眼睛。“我从来没有这样和一个男人共同过夜。”

“我也没有。”

“那就乖乖睡吧。”

她转到另一边，因为疲倦，很快就睡着了。睡梦中又翻身向他，新洛还醒着，用手去握她的手。不久他也睡着了。

过了一会儿，新洛被她叫醒。“起来，愈来愈湿了。我们进庙里去吧。”

新洛揉揉眼睛，发现地上真的很潮湿。

“我们可不要感冒啰！”她说。

他们拿起东西，走进庙里。河谷上有风吹来，寒意逼人。月亮已经下去了，四处静悄悄的。

等他们视线调整过来，他们可以看见星光由屋顶的大洞往下照。除此之外，他们就整个陷入黑暗里。

“我现在完全醒了。”新洛说。

“我也是。靠紧我，我好冷。”

他们躺在黑夜里，手臂相拥，新洛伸手环住她的背部，她靠近说：“这样真好。”他抚摸她的秀发。她静静躺着，两人的气息使彼此都觉得温暖。黑夜里出现了一个女人，不是鹭巢的柏英，而是一个温和、柔弱、多情的少女。他触到她脸颊，觉得湿湿暖暖的。她一句话也没有说，只是静静、柔弱、舒服地靠在他胸上。

“真希望永远这样。”她终于说。

这时他忽然热血沸腾，就问：“你知道那些事吧？”

“什么事？”

“你知道的。那些事嘛。”

“别傻了。女孩子一长大就知道。”

“你为什么不肯嫁我呢？”

她失声痛哭。然后说：“好奇怪，我从来没有这样抱紧过一个男人。我不能这样抱祖父，也不能抱我妈。但是抱你真舒服。”

她情绪一崩溃，就开始说出很多内心深处的烦恼。她谈起家里的问题，谈起珠阿，她说她和母亲都讨厌她，又谈到天凯。“有一次祖父和我说了一段话。打从我出世，我就是他最钟爱的孩子。祖父说：‘我是一棵树，我有两根树枝。天柱很乖很尽责，却不开花结果。另外一根树枝已经腐烂了。这个坏胚子总有一天会卖掉我的田地，我却拿他毫无办法。’”她又说，“你看我整天高高兴兴的，我从早忙到晚，没时间想那些。但是一到晚上，我常常睡不着，想东想西的。我怎么办？你现在明白我不能嫁人，抛下一切不顾的原因了吧。”

她泣不成声，他安慰她，她才觉得好过些。

“有人可谈真好。拜托抱紧我一点儿。”

这时她已经平静下来，坐起身来擦鼻涕。然后她握住他的手，兴致勃勃地说：“你要不要？”

“要。你呢？”

“我是问你呀。”

于是她把自己整个献给了他。不久他们就相拥睡着了。

过了一会儿，他对她说：“我很抱歉这样对你。”

她回答：“不必觉得抱歉。我宁可把童贞交给你，也不愿交给别人。因为我爱你，这样你就会一直记得我。”

第二天他们手拉手逛街，游河岸，心里充满以身相许的幸福感。因为分离在即，将来又是未知数，那份感觉就更强烈了。

他们在新界分手，他前往漳州，她则单独回家。

他写信给母亲，也问候了柏英的家人，却一直都没有接到家里的回音。十二月他收到在鼓浪屿教书的碧宫来信，说柏英已经嫁给甘才。他简直惊呆了。她说甘才是入赘赖家，变成“赘婿”。富家女若为了重大的理由，一定要留在家里，就用这个办法。“赘婿”要冠女方的姓氏。但是一切太突然、太意外了。新洛猜想，后来也由柏英证实，一切都是那夜交欢的结果。碧宫说，“招女婿”是她祖父的意思。但是新洛知道，一定是柏英使祖父起了这个念头。她毫无选择的余地。

第九章

大约过了一个月，新洛才抛下工作，回家去看他母亲。他渴望再见到柏英，已经两年没见面了，请假的原因是母亲急病，公司只好勉强准假两个月。单单来往的航程，就要将近一个月的时间。

行前曾经发生一些事情，使他临行增加了不少困扰，丝毫没有度假的心情。

有一天三点，韦生打电话说要见他。

“吴爱丽死了。”

“什么？”

“自杀的。我由报社里得到这个消息。我现在能见你吗？”

新洛说，他一时走不开，但是工作一完他就来看他。“我五点在楼下等你，”韦生说，“这条新闻晚报会登出来。”

新洛相当震惊，他三周前还看到她。他想起她的声音、她的笑容。

韦生已经在办公室门口等他了。两人一碰面，韦生眼光敏锐地抬头看他。

“看到这个了吧？”韦生指指手中的一份晚报说。

新洛接过报纸，看看标题，眉头深锁。大字体写着：“巨富千金自杀。情场失意。”

他打了一个冷战，嘴唇觉得干干的。报上没有登出细节。她服用大量安眠药死去。因为她常常起得很晚，用人十一点才发现她的尸体。她没有留下遗书。吴太太不肯接见记者。

吴家是社交界显赫的家庭，这种消息当然成为第一版的新闻，文中没有提到新洛的名字。他们引用一个未经证实的来源说，她心情很坏，一连几天把自己关在房里不肯出来。她自杀的动机大部分是从一些喜欢浪漫故事的民众的猜测中流传出来的。毫无疑问，她有很多男朋友曾经在她家走动，或者驾车陪她出去。新洛可从来没约她出去过。

有生以来，他从来没有遇到过这么与他息息相关的悲剧。

“怎么了？”韦生问。

“我也不懂。我已经将近一个月没看到她了。”

他们站在有顶的回廊上。

“来吧，我们找地方坐坐。顺便也好好谈一下。”他们向南走过两条街。穿过窄窄的小巷来到宽广的大街上。刚刚下过一个钟头的大雨，热烘烘的人行道冒着轻烟，掺杂着汽油的味道和海水的咸味。

他们进入左边的一家咖啡馆。藤质的百叶窗拉起一半，房间暗暗的。由藤质叶片的小孔望出去，可以看见泛白的大海，以及驶往印尼诸岛的船只，还有港口里穿梭来去的拖轮。

俩人占了一个窗口的座位，红色假皮的椅套破破烂烂，可见已经用了很久了。一台吊扇在头顶吱吱作响。

韦生叫了两客威士忌。

“也好，我需要大喝一杯。”

新洛垂头丧气坐在靠墙的椅子上。韦生背向窗口，用手指抓抓头发，盯着柔光中新洛的面孔。

“明天也许会登得更详细，这一定是新加坡茶余饭后聊天的好资料。你一定要对我坦白。她爱你，不可能是为了别的男人而自杀，我也不相信她会那样做。也许我可以替你掩饰一番。”

“没有必要。坦白说，我根本没干什么。我叔叔不会多谈，我知道他一定很失望。爱丽是一个好女孩，我想她从来就不快乐。有那样的母亲和那样的父亲，她一定想要逃避。她和她母亲不一样，她知道自己长得很平庸，人又很害羞。我意思是说，她不是势利鬼——只是一个思想平实、生活平淡的女孩子。钱对爱丽这样的女孩子并不足以代表一切。你知道，她有一天对我说：‘我但愿能到一个小岛去，嫁给一个渔夫。当然他对我要好、要和气、够体贴。不要再看到我妈那些镶钻石的假牙。’”

“真可怜，”韦生说，“这也就是我想不通的地方。朽竹竟会发出好笋，好竹子却发出坏笋。你上次看见她，是什么时候？”

“记不得了。大概是三周以前吧。上上星期她打电话给我，说她母亲出去了，她很想见见我。”

“后来呢？”

“我没去，我借口推掉了。你是知道的，我不想鼓励她，免得愈陷愈深。”

“如此而已？”

“如此而已。”

新洛搭计程车回家，心里充满罪恶感。他没有杀她，但是他知道自己是造成她自杀的间接原因。如果他肯和她谈恋爱，她就不会自杀了。

若不是那位丈母娘和她的地位在作梗，他也很可能喜欢她，甚至娶她哩。

孔子曾经说过，宁可要粗人，也不要势利的小人。爱丽眼中的“渔夫”是一个“粗人”，却不是势利鬼。

“势利”是这世上他最恨，也是他父亲最痛恨的东西……不，不可能，他绝不会要她那一圈子里的人。

一路上，这些想法在他心里萦绕。不知不觉计程车已经到了家门口。

叔叔坐在阳台上，身旁的竹桌上有一杯雪莉酒。新洛上楼上到一半，他叫住他：“新洛，过来。”

他心情似乎很坏。

“吴爱丽死了！”叔叔连头都没有抬起来。

“我在报上看到了。”

他转头看他，声音尖锐冷峻。

“你们俩到底怎么回事？”

“咦，没有哇。”

叔叔用手指指一份小晚报。新洛匆匆瞥了一眼。报上提到他的名字。“据猜测”——“传言说……”——“可靠的来源透露……”

新洛把报纸往下一甩。

“是一张小报。你总没办法阻止大家去‘猜测’‘相信’或听信‘传言’吧。如此而已。我们拿它是一点办法也没有。”

“你干了什么好事？”

“没有哇。最近几周，我根本没见过她。”

“没有吵架？”

“我没见到她，从何吵起呢？”

“我走了一个月，没出什么事？”

“绝对没有。”

“那她为什么自杀？”

“我不知道。”

叔叔没有再开口，新洛转身走开，看见叔叔脸色有如渔夫放走了一条大鱼似的，一副自怨自艾的表情。

新洛想找机会和琼娜谈谈。

叔叔没有再提那一回事，不过吃饭的时候在神色上显得很悲哀、很忧郁。饭后他叫司机准备车子说要出去看几个朋友。

琼娜和新洛坐在阳台边上。天气太热了，午后刚刚下了一场大雨，草地却干干的。一轮明月挂在椰子树梢，几位妇女和小孩沐着月色，在沙洲捡拾小贝壳和蛤蜊，退潮时分，沙洲都整个露出来了。

“我不明白爱丽怎么会自杀。”

琼娜没有搭腔。她斜着眼看他。

“真遗憾，”她慢慢说，“这么一个年纪轻轻的女孩子！我说过，你甩下她，她会心碎的。没想到她会寻短见，你也不必自责。”

新洛盯着沙滩上的人影。

“你还没回家来的时候，你叔叔问起你有没有和爱丽来往。他怕你让她怀孕，或者产生其他的瓜葛。我告诉他实话，说他不在的那一个月，你最多到过她家一两回。事已至此，他似乎宽心不少。你上次见她是什么时候？”

“大概三周前吧，我记得是礼拜天。我们和另外两个男孩一起打网球双打。第二个礼拜天，她又打电话给我，但是我说我不能去。从此就没听到她的消息。爱丽今天早上死的，今天是星期三。你算得出来嘛，她上回打电话，也过了十天了。”

她握起他放在桌上的手，仿佛有千言万语要说。最后，她终于说了：“新洛，记得你要我帮忙，对不对？你是否决定了和韩沁结婚？”

“那是我的计划。”

“你说你不可能娶爱丽。”

“对呀。”

“那你就不必自责了。我还好没有做错。”

“你这话什么意思？”

“我必须告诉你，只有你和我有必要知道。上星期六晚上爱丽打电话给你，你正好出去了，我接的电话。她问你和谁出去。我说‘和一个女朋友’。她坚持要知道那个女孩子的姓名，看她是否认识。”

“你告诉她了？”

“没有。她狂劲大发，说她一直把我当朋友，坚持要明白真相。我忽然想到，她不能再欺骗自己了。我就说：‘你一定要知道也无妨，他已经和那个女孩子秘密订婚了。’我听不清她下面的话，她结结巴巴又大舌头，我听不清楚。也许她放声大哭——我不知道。反正那一端一片死寂，我就挂断了。我没想到会有这样的结果……”

“她有没有再打电话来？”

“没有，就那一次。谁也不希望演变到这一地步。我告诉你，因为我要……因为现在我们很接近……你不生我的气吧？”

“不。总该有人告诉她。只是我真心希望她能挨得住这个打击。”

“很高兴你明白这一点，希望我们随时能互相谅解。所以我才告诉你。我是诚心想帮你的忙……”

“琼娜，很高兴你说出真相。生命的确是很复杂，对不对？”

“我们还是进去吧。报纸要说闲话，随他们去说吧！”琼娜站起来说。

“对。”

成行的日子快到了，新洛打电报给他姐姐，通知她抵达的确定日期。他去看秀瑛姑姑，又设法和韩沁见面，说他两个月左右就回来，他会时常写信给她。等他回来，就和叔叔提订婚的事。

他出去找韦生，要他偶尔去看韩沁，看她需不需要人帮忙。他们之间没有秘密。出发前一天的下午，他们坐在一间咖啡馆内。

“你们真的打得火热？”

“是的。我们就像订了婚的未婚夫妇。你该知道，当一个女人深深爱着你，那是一种十分奇妙的感觉……你什么时候才结婚？”

“我不结婚。”

“那是你还没有遇到合适的女人。”

“你还没有告诉你叔叔？”

“没有。只有琼娜和你知道。我已经到她家见过她母亲。”

“你不在乎娶一个吧女的女儿？”

“为什么要在乎？我知道自己很爱她。这是最重要的，对不对？”

韦生用食指抓抓鼻尖：“那我就不说了。”

“说嘛，有话就说。”

“她和赖鹭生过一个孩子。她做过他的姘妇——做多久，我不知道。”

“我知道。她告诉我了。”

“你知道，那就好了。”

“我跟你讲，我们曾经吵过一架。有一天傍晚我进入奶品店，店里只有两三个客人。她和一个英国少年吉米坐在一张台子上，那个人我见过几回。我对她说‘嘿’，她也跟我‘嘿’了一声，然后她又和吉米说话去了。我不在乎，那算不了什么，我知道她只爱我一个人。我走过去和妮娜聊天，她正闲站在柜台后面。我忘了我们谈些什么，好像是说笑话。她大笑，我也大笑，她笑得眼泪都流出来了。突然韩沁走过来，尖声对妮娜说：‘管你自己的事。他是我的人。’她抓着我走开。妮娜绷着脸，没有回嘴。我回头一看，那个英国人已经走了。

“后来我们一起出去，我对她说：‘你吃醋了。’

“‘当然嘛，’她说，‘我不许任何人把你抢走。’我觉得很快乐，就说：‘我看你和吉米谈笑。我没有权利嫉妒，你就有，是不是？’她说：‘才不像你和妮娜那个样子，我看到她拍你的手。’我们和好如初，热烈拥吻。有些事我不应该大惊小怪。我知道她只爱我一个人。”

韦生半闭着眼睛看他，头向后仰，一根湿湿的香烟叼在唇上。

“当然，这是真的，”新洛继续说，“嫉妒会使人盲目。感受这一份爱，想要完全占有她，真是伟大的经验。”

“你不久就要见到柏英了。”

“不要把柏英混为一谈。那是另外一回事，你不会懂的。”

“哦？”

“我打赌你没有恋爱过。”

“真的？”

“别那样看我嘛。”

“我真希望自己能像你一样天真，可惜我办不到。啊，好吧！明天见。我会早点到你家来帮忙。韩沁会不会来送你？”

“她说她会到码头去。”

船预备开了，韦生、叔叔、琼娜、秀瑛姑姑都在场。韩沁也站在那儿，和大家一起朝他挥手。

韩沁穿着可爱的绿衣裳，戴着红色围巾。

“她是谁？”叔叔说。

“她是你侄儿中意的少女。我来介绍。”琼娜说，“这是新洛的叔叔，这是韩沁小姐，我们新洛的朋友。她去过我们家。”

叔叔只嗯了一声，从头到脚打量她一遍，然后就慢慢走开了。

第十章

“啊哈！新洛！”柏英看到他走进篱笆，冲过来招呼他。

他们静立一秒钟，彼此端详。柏英始终掩不住面上的喜悦。

他们一起进屋，柏英立刻赶到前头大叫：“阿姨，阿姨，你儿子来啰！”他回到自己的家，才知道母亲现在搬来鹭巢住了。

他踏上熟悉的山径，心里好激动。清新凉爽的空气、熟悉的景物，甚至树林里山风的气息、小屋的外貌，现在又看到柏英——一切都使他觉得自己像一个累极返乡的游子。他又恢复了少年时的心境，身心都复原了，他快乐得要命。

“妈！”他走向她，跪在她床边。

他母亲伸出一只手，放在他头上，把他当小孩似的，用得意颤抖的声音说：“新洛，你回来了。”她没有哭，但是新洛抬头一望，她正眯起双眼看他，仿佛要看看他头上有没有失去一毛一发。她因为久病，满脸皱纹，表情却坚强而自信。她看了这一眼，觉得很满意，他一根汗毛都没有损伤。

妈妈声音向来轻柔。她看到柏英站在一边，就对他说："新洛，你不在的时候，柏英一直照顾我。她对我比亲生女儿还要好。"

"碧宫呢？"

"她和她丈夫住在山城。五月份曾经带着宝宝来看过我。"

"她幸福吗？"

"不错。孩子很可爱，她丈夫很疼她，你知道的。"

新洛沉默了一会儿。碧宫曾经给过他最完美的姐弟之爱。母亲、碧宫和柏英是他最关心的人。可以说，她们对他的影响最深。

过了一会儿，他说："噢……碧宫，我一定要见她。我没有在山城歇脚，因为我想先看您。我们一定要叫她来一趟……我自己去也可以，她婚后我就没见过她。我知道我去看她一定可以带她回来。噢，妈妈，如果我们能聚在一起——您、碧宫和柏英——不是很好吗？我简直不想再出国了。"

谈话被一个小孩叫"妈妈"的声音打断了。柏英回头说："噢，你……你去哪里了？"

"我去……我去……那边。"他用胖嘟嘟的小手指指屋后。

"来，记得新洛叔叔吧？"柏英说。

她领孩子向前，把他推到新洛身边说："叫阿叔。"然后静静看着他。新洛看出她眼里闪着泪光。

"阿叔！"罔仔说。

乡下人习惯给孩子取平凡的名字，有时候甚至用很卑贱的名字。罔仔意思是"马马虎虎"，稍嫌卑贱，但是很亲切，不像"国柱"和"祖望"之类的名字那样自命不凡。

新洛的母亲说："这孩子是世上最聪明的小孩。等会儿他母亲告诉你他一切的言行后，你就知道了。"

新洛回头看了一下，柏英已经偏过脸，走出房间。

"你从哪里来的？"小孩问新来的客人说。

"客乡，国外。"

"你去那边干什么？"

"读书。"

"回家了？不再去客乡了？"

"我不知道。"

"来帮我抓蚱蜢好不好？"

新洛觉得，他仿佛重温了童年的日子。

"现在不行。"

"那你是答应啰？这里有很大的蚱蜢哟，昨天妈妈给我一个金甲虫。给你看要不要？"

不等对方回答他就冲了出去，马上拿回一只用红线拴着的金甲虫，背部有绿色和紫色的金光。

柏英端一杯茶来给他。她看到小孩靠在新洛膝上，不禁微笑了。

"欢迎你回来。"她简单说了一句。然后拉一张矮凳子坐下来。新洛坐在一张棕色的破旧藤椅上。小小的天窗上有一丝光线射入阴暗的房子里。

一切都像童年的日子。她说："你这些年没有忘记我和你母亲吧？你母亲和我接到你要回来的信，好高兴哪。我想不通你在外国干什么，看到了些什么。"她看看他说，"你没变。"

"你也没变嘛。"

新洛坐在那儿，一边是母亲，一边是柏英，心里真快乐，那份幸福太完满了。他静静坐着，什么话也不想说。世上怎么会有柏英这样的可人儿呢？

“天凯和他太太呢？”

柏英勉强回答说：“他们搬到漳州去住了。她在这里不快乐。”

“天柱呢？”

“他在新界医病。他得过赤痢，脾脏一天天硬化，很容易疲倦，皮肤也带黄色，我叫他不要过分劳累，现在就剩我和甘才撑下去了。”

“甘才一向好吧？”

“很好。”

“噢，你没告诉我祖父去世的情形。”

“他就埋在那边，和父亲在一起。我哪天分得开身，再带你去。”

新洛记得，两年前他回新加坡的时候，祖父头发全白，眼睛也全瞎了。

“爷爷真好。”

“是的，好爷爷。死的时候八十三岁。”她眼中充满柔情，没有丝毫悲哀。“祖父去世前两天，曾对我说：‘柏英，珠阿在不在？’我说：‘不在。’祖父就说：‘我不久就要去了。脚步愈来愈沉重。身子就由那边开始麻痹。我去了以后，你和你母亲要撑下去。珠阿根本没用。’我说：‘祖父，我知道。她不好，对我们赖家没有好处。’他又说：‘把我和你爸爸葬在一起。上端，稍微靠右的地方。我喜欢那样。’我说：‘阿公，您会好的。’他说：‘我会在你们四周，你和你母亲都不要做我反对的事情，我会知道哟。’然后他拍了我的头两次。我没有哭，告诉你我真的没哭。我对他说：‘阿公，您可以信任我。’我看到他流泪了，就说：‘见笑！怎么您哭了，阿公？’他说：‘不是，我觉得很高兴。’过了两天，我们发现他死在椅子上。”

“出殡时你一定哭得很惨。”

“当然嘛。他是一个正直的好人。当他的孙女，我觉得很光荣，我要撑下去。你还认识以前到我们家来偷鸭子，被阿公大揍一顿的波仔吗？噢，波仔也来送葬，哭了一场。我觉得我不能做任何阿公反对的事情。我好像可以听到他的声音说，柏英，不行，真的，我是真的听到他的声音。”

她又对他说：“阿公也爱你。如果你没有出去……”下面的话她就不说了。

新洛仿佛看见祖父坐在他的棕色老藤椅上，一手搭着竹制扶手，一手慢慢挥动一把泛白的棕榈扇。眼睛虽然看不见，牙齿倒还好，胃肠也不错。他过了一辈子辛劳、正直的生活，晚年倒真正得到了休息。新洛记得他缓缓挥扇的动作，以及抬眼向上看的时候，仿佛由白胡子里发出的笑声。

“说说你学字的经过，”新洛说，“我收到你的信，好乐哟。”

柏英眼睛亮了一下，大笑说：“噢，写得怎么样？我知道你会很意外。”

“你学得不错呀！”

“记得你的老师蔡兴西吧？有一天我对自己说我要去学字，一定要学。至少我应该会看账簿、会签名，才不会被人欺负。我没法向甘才学。他以前学的，都还给老师了。所以我请蔡兴西来，要他教我，我付钱给他。我从‘人之初’学起。他要我背。”

“我觉得蛮好玩的。”

她想卖弄一番，就开始背诵前几句：

人之初，
性本善，
性相近，
习相远。

她施展她的生花妙舌，恨不得把中国历史的要目全背下来。但是新洛说：“好极了。我知道，你若能上学，一定是好学生。”

“噢，我一开始学，兴趣就来了。后来我想，老师来的时候，何不叫罔仔也来学？罔仔学得真快，我不得不努力超前，才好教他。我现在认得五百个字了。”她骄傲地说，“写字比较难，一会儿手肘就酸了，比做刺绣还难。”

突然，她眼中现出奇妙的光芒，说：“我给你看孩子认字。”她回头大叫罔仔。

“罔仔，来这里，把书带来。”她转身对新洛说，“你会吓一跳！”

过了一会儿，六岁的孩子进入房间，圆圆的大眼睛充满好奇。柏英拉他坐在身旁的一张矮凳上，自豪地翻动《千字文》的书页，一个字一个字用手指着说：“这是什么？”“这是什么？”

“他一个字只看一遍就记得，永远不会弄错。”柏英对新洛说，“我要赶在他前面，相当辛苦。老师说他从来没见过小孩子学得这么快。我先学到一半，他一步步赶上来了。老师吓一跳，大家都吃惊，连姨婆也很吃惊。你看他不是顶棒吗？”

柏英脸上的骄傲、愉快和满足是新洛一生所见过的最幸福的画面。

“你自己也很棒，”他说，“自修来教孩子。”

“这样子教导小孩，可以自教自学。”

“他现在认得多少字？”

“两百个左右，我只认得五百多字。读到这本书后面，告诉你，我们母子就要并驾齐驱了。《千字文》含有一千个字，每个字只出现一回。”

她把孩子推前去说：“来嘛，你考考他。”

小孩一只手指放在嘴里，他瞪着新洛，笑笑，跑开了。

“你的娃娃呢？”过了一会儿，新洛问。

“睡着了。我现在不吵醒她。你的行李呢？”柏英问。

“在山下家里。”

“你要来陪你母亲住吧？”

新洛说，他回来当然要陪母亲。

“那我叫人去抬行李。这时候下面热死人，阿姨喜欢这儿，对不对？”她转向新洛的母亲。

“我在这里比较好睡，”她对儿子说，“当然我们也不能永远打扰柏英她妈妈。天气转凉，我就下去。我在这儿有罔仔做伴。新洛，你父亲去世，姐姐出嫁，妈妈寂寞死了。柏英两三天来看我一次，带一些水果、蔬菜来。妈妈已经老了，晚上常咳嗽，睡不着，又没有人可以说话。在这里，她每天一大早就给我沏一壶热茶，对我的咳嗽大有帮助。她下山的时候，也替我买买东西，我真的每天盼望她来。六月二十七日，”——新洛的母亲向来很会记日期——“六月二十七日，她对我说：‘新洛马上就回来了。阿姨，你何不上山和我们一起住？’我上来以后，真的好睡多了。她说，你回来的时候，我气色一定好多了，你回来也可以待在这儿。”

“你真的这样说？”他问柏英。

“真的，我们这儿有树。我知道你爱大树，所以我就想到了这一切。阿姨和我都在计算你回来的日子。”

新洛觉得欠她的情实在太多了：“柏英，我不知道该怎么谢你。我不在的时候，这样照顾我妈妈，这些我都不知道。”

“不过她是我阿姨呀，别忘了这一点。你这个傻瓜，谁叫你要出国，好像家里没有这个妈妈似的。”

行李送到了，柏英正在杀鸡拔毛。她擦干血淋淋的手，进来看个究竟。行李搬入中厢房，放在没有铺砖的泥土地上。母亲看到儿子回来，高兴得起身穿衣梳头，仿佛迎接贵客似的。他打开行李的时候，她就坐在一张黑色的旧木椅上。

新洛拿出三件礼物：一件给母亲，一件给柏英，一件给她妈妈。他先给母亲一个沉甸甸的金戒指，然后拿出一个装满银币的小球说：“喏，妈，我小时候答应你，我要给你无数的银币。喏，这就是无数的银币。”他高兴地把它摇得叮当响。

母亲的面孔满足得皱了起来。他接着把戒指套在母亲瘦巴巴的指头上，拿起来亲吻。然后他又打开另外一个包裹，拿出一个盒装的小白玉佛像，送给柏英的母亲。

“来嘛，柏英。”他说，“闭上眼，把手伸给我。”她伸出来，觉得有一件凉凉、硬硬的东西滑到手腕上。

“现在睁开眼睛。”

柏英看到一个玉手镯，心都要跳出来了，真是意外的惊喜。手镯是浅灰绿纹的，不太贵，但是在乡村里，女人会一辈子引以为荣呢。柏英心里充满幸福感，她问："我能不能真的戴在手上，不会破呢？"

"小心一点就成了。"

"我怕会弄破，我工作很多。等一下让甘才看看，还不知道他喜不喜欢我戴手镯呢！"

小孩站在他母亲身边，睁着圆圆的大眼睛，柏英把他拉回去。她看到新洛打开一个大盒子，心里有些激动。那是一个玩具陶炉和一套茶具——茶壶与茶杯——是他在漳州买的。

"现在，罔仔，"他把盒子交给他说，"这个给你。"

柏英放开孩子，罔仔跑了上去，怯生生拿过来，如临大事。他看看那套茶具，简直要吞下去似的，然后克服了自己的羞怯，伸出手臂抱紧新洛。

"快谢谢叔叔。"柏英说。

"谢谢你，叔叔。"孩子说。仪式完毕。新洛注意到，高高的栗木桌上，有两根蜡烛映着小小的木制佛像。陶土香炉立在中间，有很多烧过的香。

"为什么点蜡烛呢？"他问。

"谢谢菩萨嘛，"柏英说，"你上个月离开新加坡以后，你母亲和我每天求神保佑你平安回来。庄里赶集的最后一天，我买了这些红烛，今天我们庆祝一下。"

"我刚点上，"他母亲说，"已经谢过菩萨了，你最好也拜一拜。"

柏英走到神龛前面，把火烛弄亮一些，然后跪下去磕了三次头。她站起来，笑着问：“你喜欢鸡肉怎么做法——油炸、白切还是煮汤？”

“白切。”他说。

现在柏英和她母亲到厨房去了。新洛走出门，到荔枝园去再重温他心爱的旧地回忆。他仔细凝视夕阳下微蓝的石峰和北面的石坑。双眼落在西面的斜坡上，绵延的矮山横在西端林木茂盛的丘陵阴影里。他在鹭巢附近找了一个地方坐下来，小时候他和柏英常坐在这里，他觉得自己像一片浮云，迷失了方向又回家了。这里的每一片叶子、每一根树枝、每一朵花对他好像都有特别的意义。

于是新加坡显得好远、好远了。

他听到甘才叫他的声音。他立刻站起来，看见他刚刚收工回家。他们是小学同学，已经多年不见了，现在都长大了，彼此热烈相迎。甘才上身光光的，一件灰外衣挂在肩膀上。他棕色的肌肉灵活健康，黑黑的皮肤有一层闪亮的光泽，简直像一颗成熟的柚子，每一个毛孔都开润清爽。

他们寒暄了几句，就走回厨房后院，甘才说要洗个澡。他就站在院子里，用井水洗澡，全身浇个痛快。然后进屋去换衣服，穿着一双拖鞋和一套干净的黑睡衣出来。

两个人坐在井边的一条旧凳子上，甘才皱皱鼻子说：“我闻到很香的味道，是什么？我简直饿坏了。”他的声音低沉而有力。

“在田里做了一天，难怪嘛。”

“吃过晚饭，我就呼呼大睡。新洛，我不懂自己为什么这么幸运。”

“当年在学校，大家都说你很有福相的嘛。”

甘才天真地笑笑："我自己都有点相信了。我是一个孤儿，现在有这么一块田可耕，又有柏英，你知道的。"

新洛没有说话。

甘才站起来，走向厨房窗口大叫："柏英，你在煮什么？"

他回来说是鸡肉。"我们要庆祝你回来，当然啦，我不必一一指点她。"

"不是每个人都找得到像柏英这样好的太太。"

"她给我这块田地，她给我一个儿子，她管账，男人还有什么奢求呢？我们现在可以说是独居了。天凯他太太在的时候，真是别提了。"

"说来听听嘛。"

"柏英会告诉你。真是作孽，真不应该。我很高兴他们搬走了。"

东厢房已经摆了餐桌。那是一套没有漆过的桌凳，摆在泥土地上。新洛觉得自己从来没吃过那么好的子鸡，现杀现煮，只加一点盐巴。还有一盘自己采的竹笋，甘才吃了三大碗饭。一碗白米饭配上一个饥饿的肚子，便谱成了世间最大的幸福。

柏英带孩子坐在餐桌的一头，甘才坐在另一头，两位母亲坐在上首。柏英一面在厨房做事，一面照顾她一岁的宝宝，哄她入睡，现在已经把她放在床上去了。

柏英的脸很小。皮肤还是橄榄色，嘴唇很灵活。

"我们没有山珍海味来招待你，"柏英说，"但至少那只鸡是今天下午我才杀的。明天让你吃黄瓜汤。我妈和我在藤上留了好几条，早就在等你回来。"

柏英的母亲赖太太替柏英招待新洛。她说了几句极为客气的话：

"我们山里人没有什么珍贵的东西，样样都是自己种的。你一定吃过不少我们听都没听过的外国玩意儿。"

"全比不上自己种的产品好吃。"新洛说。

"那边的女孩子也比不上家乡的少女吧？"赖太太说，"我想你一定见过不少外国女孩子。

柏英的眼睛一亮。"她们长得什么样子？"

"就是女孩子嘛——马来人、印度人、混血儿。我看也没什么不一样的地方。"

话题转得太意外了些，新洛不希望太快提出来。他母亲说："现在你大学毕业，也有了固定的工作，我想你不久就要娶妻了。如果你带一个外国女孩子回家，我会活活气死，我都不要活了。"

"妈，我现在还是孤家寡人一个。"

"我不希望你被马来女子迷住，我知道有这种事发生。有时候男人根本不想回乡了。我漳州娘家就有一个叔叔，他带一个马来女子回家。她也不漂亮，又胖、又懒、又笨。身为女孩子，我简直想不通我叔叔怎么会爱上这么一个女人。没有一件事中国女人比不过马来女子——煮饭、缝衣，一切的一切。我不明白男人可以娶中国太太，为什么还要去娶外国人。"

"我若遇到她们，会害怕哩。"柏英简短地说。

新洛希望她们不要谈这些，但是女人似乎都对这个话题很感兴趣。"新洛，"赖太太说，"我就说嘛，没有谁能比得上家乡的少女。番婆怎么能到我们家呢？你选女孩子，一定要顾到你妈妈。你该让她给你选一个。"

新洛希望气氛愉快些："你给我找一个像柏英这样的女孩子，我马上娶她。”

“噢，不，”新洛的母亲说，“我找不到像柏英这样的孩子了。”

“噢，阿姨，不要谈我好不好？来，我们举杯庆祝新洛回来。”

她们用“老酒”敬他。

赖太太说：“老酒也是自酿的，这一罐是阿公去世前酿的哩。”

“新洛，”他母亲说，“你也该敬一敬柏英和阿姨，你不在的时候，多亏她们照顾你妈妈。”

新洛诚心诚意举杯，谢谢她们。

乡下的农人睡得很早。互道晚安之前，柏英对新洛说：“把你旅程中要洗的衣服拿给我。”他挑出几件衣服，交给她，她把衣服先浸泡一夜，这样第二天比较好洗。

那天晚上，新洛睡在一间阁楼里，由他母亲房间的一个木梯爬上去，满头满脑尽是新新旧旧的感受和印象。由阁楼的小窗望出去，可以看见鹭巢在静静的月空下现出一个银边的形体。山里的夜静得出奇。他不再胡思乱想，昏沉沉睡着了。

第十一章

第一声鸡啼，新洛听到下面的厨房有异声响动。他知道甘才要下田做活，柏英起来为他准备热烘烘的早餐。山里的夏天就天亮了。

新洛被杂音吵醒，过了一会儿才会意过来，知道自己回到了鹭巢。他听到后面有砍割的声音，就起身由高高的小窗口向外张望。柏英穿着睡衣，头发扎成一条辫子，跪在竹边，她正在割竹笋。清爽的山风吹来，他觉得很困，又回去睡了一觉。

等他再醒来，全家都起床了。大概是八点多种，他走下摇摇欲坠的木梯，看到母亲已经起来，她穿一件宽袖的蓝麻布衫，正陪罔仔在前院浇花呢。

“妈？”他由厨房门口叫她，“你那么早起来干什么？”

“照顾花朵。你睡得好吧？”

“很好。我不知道你们都起那么早。”他走近她，问道，“你们吃过早餐啦？”

"嗯。你的饭好了。刚才柏英问你起来没有。她说，全都弄好了，放在厨房桌子上。"

他看到昨夜母亲脸上的皱纹已经少了一些，很高兴她气色这么好，又有事可做，他倒不觉得奇怪。这儿没有早报来叨烦她嘛。

"到这儿来，"她说，"我们在抓蔷薇上的虫子，它们到处都是。"他高高兴兴地踱向母亲和罔仔身边的花丛。她眯起眼睛，寻找绿茎上的小虫，看起来好专心，好有兴趣。"罔仔和我每天早上都来抓。"

"你在这里很快活。"他说。

"是的，很快活。现在你去吃早饭吧。"

"柏英呢？"

"在后面洗衣服。他们已经起床两个钟头了。"

这时候罔仔跑过去告诉他母亲，新洛叔叔起床了。

新洛深深为山村生活的静谧而着迷。他忽然想起出国前父亲曾对他说："儿子，你要去上大学。不管你学到什么，听到什么，有一件事绝不能忘记，政府和政治家不能拯救世界。你学到的一切新知识也不能拯救世界。只有人人各尽其职，思想正直，敢说实话，世界才有救。"

新洛和母亲走回厨房，柏英出现在门口，怀抱着一岁的娃娃，正在逗她。

"早啊！"她说，音容清新活泼，像一朵山花似的。

"早。你们起得真早。"

柏英正在逗娃娃，轻捏她的脸颊。"看到没？多可爱。"她说，"要不要我替你热热菜？"

桌上有三盘菜——腌黄瓜、咸蛋和豆腐乳——上面盖着脚盆大小的筛罩。那是竹皮编的，用来防苍蝇。还有一碟豆豉剁肉，他母亲说要热一下，新洛说不必了。砖灶上有一锅稀饭，放在一大锅热水里保温呢。

新洛的母亲拿出一个碗，添满稀饭，要他坐下来。柏英坐在一张椅子上，解开衣服，喂小孩吃奶，一面摇她，一面看新洛吃饭。她本来在后院洗衣服，听到婴儿啼哭，就冲上去抱她下来。喂完奶，她把婴儿背在背上。

“我要回去洗衣服了。”她说。

吃饭的时候，母子谈到一些亲人的消息——谈起碧宫的婚事和她的宝宝，谈起天凯夫妇，以及家里的很多老朋友——新洛也谈起叔叔在新加坡的居家情况。

俩人都闭口不谈他再走的问题，双方都不愿意去多想它。最令他感到头痛的是，新洛知道他母亲是肯为儿子牺牲一切的人，如果他要留在新加坡工作，她绝不成为儿子的绊脚石。这是叫他左右为难而又必须自己去面对的处境。

他走出门，看见柏英正把最后一件衣服挂上竹竿。她现在已把娃娃放下来，让她在草地上玩耍。

“好了。”说着就拿起空锡桶。她把锡桶半靠在臀上，伸手去牵娃娃，走向新洛。

“你都洗完了？”他问她。

“当然。”

“你们天一亮就起床，真使我惭愧。”

“夏天很热，早上做事最理想。我要忙家务，你和囝仔可以随处玩玩。”

“我明天早上尽量像你们一样早起。”

“你会喜欢的。第一天嘛，当然，你要多睡一会儿。”

“甘才回不回来吃饭？”

“今天不回来。我给他做了盒饭，他可以向邻人要点开水或茶来喝。”

第二天他寄信给姐姐，说他很想见她，要她回来一趟。他又说，他非见她不可，让全家来个大团圆吧。

碧宫回来，已是十月中旬。天柱由新界回家了，谭太太觉得他们不该再打扰赖家阿姨，何况碧宫带小孩来，人数也太多了。赖家阿姨和柏英都挽留他们，但是新洛的母亲坚持要回他们山谷中的家。

“嘿，新洛！”一见面，碧宫说。

“嘿，姐姐！”

他们一向如此。他以她为荣，她也以他为荣。除了母亲，他总觉得她对他最好。她总是教导他、鼓励他，也指责他的错误，原谅他，对他从来没有失望过。她大他四岁，可以教他不少道理，却又不至于失去玩伴的感觉。碧宫知道他的优点和缺点，在他成长的岁月中曾经以姐姐的爱心和教导塑造他、指引他，半师半友，担当着老师、父母都没法扮演的角色。那就是家庭生活的好处，世上绝对找不到代替品。

碧宫比新洛矮。她的皮肤很坚韧，眼睛又亮又活泼，有一排平整的牙齿和一个突出的下巴。她常常愤恨自己身为女孩子，因那时候女孩子的限制极多。她也像弟弟一样，很想受大学教育。

“我收到你的信，想立刻来，可是走不开，”碧宫说，“小家伙感冒，这个季节很流行，我不想冒险。”她的宝宝只有三岁。

他们有很多话要谈。新洛的哥哥新庆在上海混得不错——姐姐认为太发达了些——在政府机关当秘书。他娶了上海吴淞军区司令的女儿。

“新庆是完了！”碧宫说，“我们管不了他。他一向野心太大，太想高升。”

“你是说，我不该求发展？”新洛问她。

“你知道我不是那样的意思。记得父亲的话吧？”

伟大的父亲！新洛想着。

这就是家人的谈话，也是碧宫对新洛重要的地方。

碧宫只能待一个礼拜。那个礼拜真是妙极了，她、新洛和母亲三个人团聚在一起。从早到晚，饭中饭后，他们三个人谈论所知、所感、所梦想的一切。柏英也是碧宫的密友和心腹，他们几乎没有一天不看见她，有时在他们家，有时候他们去鹭巢找她。

罔仔也来。新洛和孩子之间培养了一份绝佳的友情，不仅因为他是新洛骨肉，也因为新洛本身就有童心，像孩子一样喜欢抓蜻蜓，在清溪里泡脚。柏英鼓励他们多接近。每天孩子都下山，有时候她陪他来，有时候罔仔他自己来——如果新洛没上去的话——老是问他：“我们今天玩什么？”

自然而然，大家都关心新洛工作的前程，什么时候结婚之类的问题。新洛抛下母亲，心里也很歉疚。他们真希望能永远这样！他母亲现在长年咳嗽，好需要亲人的照顾！

“你现在是大学毕业生了，”谭太太说，“选择对你最有利的途径。我这一大把年纪，已经不想改变生活习惯，柏英她会照顾我。她虽然是我外甥女，但却像女儿似的。你父亲对我不错，我很感激。

我不苛求你做什么，我只要你记得父亲给你的教诲。如果被外面的世界腐化了，走错路，我情愿看你死。”

对于母子间这一类的对话，虽然内容很简单，但新洛却永远记得很清楚。她总是眯起双眼，用凝视的目光慈祥地看着他。她又说：“再过十年，我就要陪你父亲去九泉之下了。我不希望听他说，他走后我没有尽到做母亲的责任。我只希望你娶一个好女孩，娶一个正正当当的女人。女人可以扶助男人，也可以毁灭男人。你未来的太太是要和你过一辈子，而不是跟我过一辈子。”

短短几句话已说出了她的立场。新洛看看他姐姐，她说：“母亲说得不错。男人工作，女人管家。盘古开天以来，世界就是如此。”她引用一则古老的俗语说，“‘男儿志在四方’，我知道其实母亲内心也很难过，哪一个母亲不希望儿子留在身边呢？新洛现在是大男人，我们当然不能把他拘在这个小地方。但是，你为什么改变主意，不学医呢？”

“我不知道。”

“如果你学医，回这儿就很有用。为什么不学呢？”

“我不知道。我想是没兴趣吧。我听说要解剖人体，就觉得恶心。我喜欢法律，一切都纯正、简明、合逻辑，我喜欢那样。”

“至少那也是一件好事。真正重要的是你打算娶哪一种类型的女孩子。母亲说得不错。”

“对嘛，”母亲又说，“你一旦做了，就是做下去了。”母亲又提到她叔叔带回家的马来女子。

“告诉我，”碧宫说，“你有没有遇到过中意的少女？”

“有，有一个，很中意。”

“中国人还是外国人？”

“欧亚混血儿。她父亲是葡萄牙人，母亲是中国人。”

最后他不得不说出来了，两个女人全神贯注地静听着。

新洛平常很会说话，这会儿却有点难为情，结结巴巴的。

“妈，”他说，“我们已经认识一年了，我一直想告诉你，她的名字叫作韩沁。”

“什么？”两个人同时间问。

“韩沁。”

“没听过这种名字！”

“我说过，她父亲是葡萄牙人。”

他母亲的脸色突然一变，仿佛脊梁骨上被人重重地打了一拳似的。她默默不语，脸上好像失去了一切生气，完全一副绝望、挫败、痛苦的表情。

“妈，拜托，我求您听我说。”

“哦？”老妇人两眼直瞪着儿子的面孔。碧宫也是脸色严凝地盯着他看。

“妈，你听我说。她对我很重要，自从认识她，我上街都不想看其他少女。”

“你带她上街，她肯跟你去？”母亲问。

“是的，在外国这不算什么。我们男女共同分享一切。”

“多可怕的想法！那些外国女孩子！”

碧宫一向梳刘海儿，像柏英一样，她眉毛很漂亮，笑容很和煦。但是现在她杏眼圆睁，嘴唇张开，好像陷入沉思中。

“妈，我求您，请不要对我起反感。”

母亲被儿子一求，面色软化了些，她长叹一声说："我早应该料到会发生这种事。你年纪轻轻，也许不肯听老母的话了。我把你养得这么大，你父亲要你出国，我就让你去，主要是为了让你受教育。如果我应该料到的，你被大学赶出来，回家陪妈妈，我也不在乎……但是现在我连活下去的希望都没有了。"

"新洛，听我说，"碧宫开口了，"母亲的话不错。"

"什么，姐姐，你也反对我？"

"不是反对你，我是在替你担心。如果你关心母亲和家人，我劝你多多考虑考虑。"

"我已考虑过了。"

"不，新洛，你可能还没有好好地仔细思考，你已爱上那个外国少女了。我知道，外国女孩子一向是要求很多。我没有到过外国，但是我看过电影，我知道。她们嫁一个男人，就要男人言听计从。如果他办不到，她们就要离婚，改嫁别人，太随便了。她们结结离离——一次又一次。不像我们对婚姻的看法。你若照她们的话行事，你就终生被绑死了，你娶外国女孩子，就只好过外国人的生活，完全照她喜欢的生活方式，而不是你喜欢的方式。"

"你没见过她，不应胡乱批评她。"新洛说。

"我只想提醒你，不希望你将来也像你哥哥一样。我不愿意再多说，新洛你还是走吧！我对这个外国女孩子虽然一无所知，但是你真叫我担心。"

"可是她爱我，关心我。"

碧宫用温柔、同情的目光看着弟弟，只说了一句"还是多考虑考虑"。

那夜的谈话不欢而散。

第二天，柏英来吃饭。昨晚的一切仿佛都抛在脑后了。只要她和谭家人在一起，就万事如意。新洛知道他姐姐的想法，她知道罔仔是弟弟的孩子。柏英曾经泣不成声，向她吐露自己仓促嫁人的原因。当然碧宫也告诉了母亲。至于赖家，没有人知道，也没有人怀疑。柏英一来，碧宫和谭太太对她和孩子都是另眼相看，因为这一道秘密使她们密切结合在一起。但是柏英也对碧宫说过："罔仔聪明透顶，除非我母亲是傻子，才会相信他是甘才的小孩！"

第十二章

姐姐回夫家不久，柏英带了一封天凯的信来找新洛，她说他有了困难。

“新洛，这是什么意思？”

他读信。天凯正被债主告到官里。新洛含糊地知道，天凯曾经向家里拿了点钱，和朋友在漳州合搞蔗糖生意。朋友们潜逃了，公司欠下几千元的债务。

他读信的时候，柏英眼睛一直看着他。他一抬头，发现她脸上充满关心的神色。

“大意是说，他若不还债，就要坐牢。”

“我才不这样浪费祖父的财产。我不干。”

“那他就要坐牢了。”

她抿起嘴唇，冷酷、辛酸、犹豫不决，怒火正慢慢燃起。

“我们不要仓促行动。到底是怎么回事呢？”他问道。

“他们前年秋天开业。头一年听说赚了一点钱，用批发的方式买下这儿收成的全部甘蔗，有些是在本地制造粗糖。因为这儿只有一家小型工厂，又是用牛来操作，厂房不够用，而漳州技术又比较好，所以他们就在那里订约制造晶糖。制糖是一门好生意，我明白。听说他们去年冬天赔钱，因为受到日本精糖的影响。”

“他商行里一定有坏朋友在里面。”

“我不知道。”

“起先你怎么会让他离家呢？你一定知道，他不是生意人，他根本没有做生意的天分。”

“哼！”柏英用非常愤慨的口气说，“我再也受不了。珠阿，你知道的，那个骚货打我丈夫的主意。你知道我的甘才有多老实。我全看在眼里。她一有机会就当我的面挑逗他。无耻到家了。”

她歇了一口气：“噢，珠阿在这儿住的时候事态愈来愈严重。有一天她来到厨房，掩面大哭。她说甘才轻薄她。她把手拿了下来，我看见她颧骨上有一块青肿。甘才站在门口，气冲冲的，真丢脸。我不想再说什么了，当时母亲也在，珠阿一直说甘才要强奸她，说她挣扎逃出来，甘才就殴打她。

“甘才是老实人，他目瞪口呆，结结巴巴——我不知道他说些什么，我心烦，一句话都没听进去。他只看着我说：‘我打她。是，我打她。她该揍！’然后默默走开了。母亲和我都不喜欢她，她也知道。

“那天晚上我问甘才怎么回事。哎，我真不愿再提这件事的，那天他们单独在后面，他正在修剪梨树。哼，她竟然想勾引他。”

“能不能说给我听？”

她显得难为情:“真是丢脸透了。”她开始咯咯地笑起来。

“你肯不肯告诉我?”

她恢复常态说:“我想她以前也对别的男人玩过这一套把戏。她走向我丈夫说:‘我一天比一天丰满了,’然后掀起外衣露出臀部说,‘摸摸看,摸摸看。’她一直瞪着他,你猜怎么样?”

柏英又笑了。“你知道她用什么当裤带?一根稻草!她一扯,裤带断了,裤子也落下来。我想她以前对男人也来过这一套,不然就是向她母亲学的。真丢脸。”

“甘才怎么样呢?”

“她竟想在后院里跟他苟合,还说附近没人。你想象得出会有这么无耻的行为吗?他赏了她一巴掌才脱身的。当然没有人相信她的话。我想连天凯都不会相信。她破口大骂天凯,又打孩子,还诅咒了大家一顿。

“哎,到了这个地步,母亲和我也没办法了。天凯说要搬到漳州开店,母亲和我都松了一口气,就算要把祖父的积蓄给他,也只好如此。天柱为此很不高兴。弟弟说他要一千两百元去创业。喂,那可是我们家所有的存款。这是祖父一生的积蓄啊!天柱不愿意拿出这笔钱。最后,总算讲妥了:田地、房产归天柱和我,这是事先讲明的。弟弟有困难,你想我们能不管吗?我们怎么办?”

新洛知道,他的法律没有白学。这个案子他可以办。他很愿意帮忙。为了柏英,他唯有尽心尽力。

“他那是不是一家有限公司?”

柏英从来没听过这个名词。他不知道天凯和股东签的是哪一种合约。有限公司是新玩意儿,家庭荣誉是一回事。也许他们根本没有登记成立公司，那个时候往往如此。

这是大男人的事情，他必须处理。他写信给韩沁和公司，说明归期耽误的原因，细节当然没法说清楚。

他前往漳州，带天柱一起去，代表家长的身份。这显然是合伙人违约的案件。新洛对债主说，他们害天凯坐牢，就一文钱也拿不到了。公司是无限的，那又该怎么办呢？他们为什么不去抓潜逃的合股人？

天凯这时候一只眼睛正害病，更糟的是太太又离弃了他。至少天柱和新洛去的时候，找不到她。他们问天凯她上哪儿去了，他说他不知道。

新洛大费口舌，才说服天柱由他出面来和对方谈条件。他草拟了一份文件，债主同意收他七分之一的欠款，一年内付清。这是他谈得成的最佳条件了。这表示，天柱必须回家卖掉一部分土地，凑足七百五十元。一切都循适当的法律程序解决，有证人，有日期，也盖了图章。新洛利用自己的法律知识，赢得债主的敬重，心里有一种满足感。

他和天柱想带天凯回家，但是没有说要找他太太回去。天凯不愿意，他宁可在城里找工作。

协议的消息传到赖家，柏英的母亲松了一口气，她儿子不必坐牢了，但是柏英很气愤。

“这是家道衰败灭亡的开始！”她怒气冲冲地说，“祖父一辈子做牛做马，才买到这块地，我们全靠它过日子。怎么办？我不知道怎么办？”她泣不成声。

“我不卖地，我不卖地，”她一再说，“这是一块好地。我知道祖父绝对不会答应的。我要买地，买更多地，但我就是不卖。”

“对，”天柱说。“除非我们买足了自己够种的土地。”

甘才一直静静听着，这时开口说：“我看中离我们田地五十步的那一块，不能种稻，但是可以种豆子。我们会更辛苦。一年能收入五六十元。我若需要帮手，有人会免费帮忙，因为我也帮别人。”

第三天黄昏，柏英到新洛家说：“你陪我来好吗？我要和祖父说话。”

从他家到赖家祖坟要走上半个钟头的田路。半路上，她对他说：“我不卖地。我想出一个办法了，可以付清七百五十元的债务。我们现在已经存了三百元左右，还债还有一年的期限，据估计，今年冬天甘蔗的收成会很好。我要批购三百元的甘蔗，如果天柱不去，我要亲自去漳州。我在蔗农之间还颇有信用，他们以前也卖甘蔗给天凯。我估计卖掉它们我们可以赚一百元，甚至不必先付一文钱。他们了解我，如果我弟弟会销售货物，那我也会。明年又可以做荔枝生意。我根本不需要卖地。”

新洛静静走在她身边，忍不住佩服这一个自己没有娶到的女子。他清晰忆起他们同去新界的那一回。当时她是少女，现在虽然已是为人妻母了，但她并没有变。

秋冬日子昼短夜长，很早就天黑了。她身上穿着棉袄和棉裤。偶尔回眸看看他，仍是那样温柔的眼神。她问起很多外国的情形。

走到矮山头的墓地，只有一里半左右。祖父挑这个地方做祖坟，是因为面向东边，又有四五棵高大的杉木。“祖父说，他一向喜欢看清晨的旭日。”

她带了一把蜡梅和茶花，把花放在墓碑前的石板上。小土丘三面都有向下蜿蜒曲折的水泥沟环绕。水泥地一直向前延伸，约有十五尺长。

她的表情非常严肃。

“我现在要和祖父说话了。”

“你要我在场吗？”

“当然，祖父喜欢你。虽然我生了你的孩子，我并不觉得可耻。”

薄暮迅速降临，天空呈暗蓝色，小峰上仍有阳光照耀着，下面的山谷早已一片漆黑，天气很冷。她跪在小墓碑前面，她的名字和她丈夫、兄弟的名字都刻在碑文上。她磕了三次头，足足跪了五分钟，低着头，眼睛噙满泪水，嘴巴喃喃念个不停。

这时候，他看到真正的柏英，她内在的性格。一切都那么真挚、诚恳，而又自然，使他觉得她颇有高贵的气质。

她起身的时候，面色很愉快，跑到水泥地的一边坐下来。神情镇定地说：“我现在知道该怎么办了。我刚刚把我的打算告诉了祖父。我若能将我的意思，清清楚楚对祖父说，我就知道他会同意，我若不太敢告诉他，就表示他不会答应。”

“你常常和祖父说话？”

“不常。但是每次要做决定，我总是单独到这儿来。我要和他单独在一起。他什么都懂。”

“你现在就不是单独一个人。”

“不要扰乱我的心情。和你在一起，我可以自觉是一个人，和别人就不行。”

“当然你也和甘才来过。”

“是的，清明时节。但是不像这样。你是我孩子的父亲，就凭这一点，我会永远爱你。罔仔长大，我也要带他来。他应该知道祖父的伟大。只要他记得这一点，他就不会走错路。奇怪，这儿有些基督徒居然不拜祖先，我真不懂。”

“我也不懂。他们说，祭拜死人灵魂是一种迷信。”

柏英从来没听过这种理论。她吓坏了。“他们真的这么想？”

“噢，也不完全这样。在某一方面，他们也有人主张灵魂不朽的说法。他们若是不准你和死去的亲人沟通，当然就是不相信灵魂永生了。相反，如果相信有灵魂存在，那你一定会想和他们说话，侍奉他们、纪念他们，就像咱们所说的那样，仍当作他们在世一样。”

“事实上谁又禁止得了呢？这是我所听过最怪的理论。明明知道他们还在，却不尽尽孝思，怎么行呢？”

“噢，”新洛说，“就是嘛。他们说我们不信神，我们也说他们不信神。”

柏英说：“我绝不让罔仔长大有这种怪念头。”

他握住她的手说：“我能求你一件事吗？”

“当然。只要我办得到。”

“我有一个大问题。如果你肯照顾我母亲，我真是感激不尽。拿上个月来说吧，她在鹭巢，有罔仔做伴，生活好快乐。”

“是啊，她真的起色不少。”

“她说你每天早上天一亮就泡一壶茶给她。这种小事对老人家具有很大的意义。”

“在我来说，根本不费事。我以前也每天给祖父泡茶。”

“你知道，我没有尽儿子的责任，把年老可怜的母亲一个人丢在这里。她也不可能跟我姐姐住，因为她的婆婆和他们住在一起。我们会给母亲生活费用的。”

“别说笑话了。你母亲和我母亲不是堂姐妹吗？”

“我不是指付你房租钱。我是说别的方面。我母亲会收到足够的生活费。”

“交给我办好了，阿姨很喜欢罔仔。我和母亲谈谈，她们两个人都是寡妇，有什么不好呢？我会替她收拾一个好房间。”

新洛声音都颤抖了：“真的？”

“当然。上面空气好多了。整天又有人可以说话。”

“噢，柏英！”他握住她的手，轻轻按一下，“她把你看成亲生女儿一样，我会不时寄点钱给她。”

柏英握握他的手，简单地说了一句：“这事你交给我办。我们还是回去吧。”

他们只顾谈话，没有注意到天全黑了。柏英的眼睛惯于在暗处看东西。

“记得新界的那一夜吧？”她轻轻松松说出来，使他很意外。

“是的，我永远记得。”

“你在新加坡还记得我吗？”

“柏英，”他对她说，“除了母亲，你是我最亲爱的人。我一直把鹭巢那张发黄的照片挂在墙上。你和我，背影在一起。记得吗？”

“噢，那一张！只照到我们的背。”

“那张照片永远刻在我脑海，刻在我灵魂深处。”

他们没有提到爱情，但是彼此都很快乐。回到新洛家，母亲正在等他们吃饭。餐桌上，他们把这一番安排告诉新洛的母亲，她很高兴，说：“新洛，你是一个好儿子，能替我想到这些。”

柏英说："你有罔仔可以做伴，每天早上还没起床就听得见鸡叫。你不是说，山上的鸡啼由谷底传回来，比较好听吗？"

"是啊，我记得说过。"新洛的母亲说。

"那就搬来嘛。你每天都听得见。新洛，我打赌你在新加坡从没听过鸡啼。"

"这……"新洛慢慢说，"我是不能算真正听到过。"

柏英立刻说："除非在半里外听到，否则鸡啼的声音是不会好听的。真奇怪，也就是说，要有开阔的空间，你们住的那些都是密密挤挤的房子就是不行。"

这段话虽然没什么重要，对新洛却有很深的影响。后来简直变成玩笑的话了，因为以后每当谈话时，柏英总是问他在新加坡有没有听过鸡叫。

那天晚上，新洛拿着火把护送柏英回到她家竹篱外，然后单独走回家。

第十三章

自从侄儿搬出去租公寓和混血女郎同居以后，做叔叔的一连生了几天闷气。他似乎被激怒了，但没有愤懑，也不惋惜，倒是这种意外的屈辱，深深使他泄气不已。

很难相信新洛会这样对他。

“我哥哥的骨肉。难怪，倔得像骡子。”

傍晚六点，琼娜外出回来。她刚刚去参加了新洛和韩沁宴请知心好友的一个应酬。她和叔叔两个待在新洛房里。新洛的东西已经搬走了，房间和家具倒没有变动，整个房子里令人有空虚的感觉，仿佛客人刚走似的。

“你要不要这个房间？如果要，可以搬过来。”

琼娜迟疑了一会儿：“你呢？”

“我还是住在你房里。”

她觉得，这样子可轻松多了。“随便。这张桌子倒是很有用。何况这房间阳光充足，等儿子出生，我要让他住这里。”

她已经告诉他自己怀孕的消息。她也告诉了新洛。新洛知道这不是叔叔的孩子，但却很诧异她总能不择手段去达到自己的目的。和谁生的，他根本不想问。

“新洛请客请了哪些人？”

“秀瑛、新洛的大学同学，还有她的朋友，大都是欧亚混血儿。韩沁的妈妈也去了。”

二叔沉默了一会儿。

“荒唐！宁愿搬出我们这样好的房子，而去租一间拥挤的小公寓住。真不晓得以他的薪水怎么过活！”

琼娜咯咯地笑起来：“我劝过他，不过，你也知道怎么劝都是没有用的。也许等过一段时间，他就会后悔的。但是我觉得他是固执到底，一心一意照自己的意思做。”

笃信佛教的大婶悄悄来到门边，没有人注意到她。她是家里丝毫不受世俗的这些变化干扰的人。

她问起新洛公寓房子的概况。琼娜一一说明：“地方不大，只有两个房间和一个小厨房。许多家共用一个阳台，还用格子分隔开来。”

婶婶说：“只要年轻人快乐，随他们去吧。”

“那个女人的私生子也住在一起？”

“没看到他。我听说他以后和外婆住在旧居。”

“我们谭家居然还要照养赖鹭生的杂种！”

二叔对这一点特别注意。婶婶声音平平静静地说：“世事难料。阿弥陀佛！感谢老天爷，幸亏没有更坏的情况发生。凡事都是前生注定的。我只想说，不管他做了什么，他还是你侄儿。若非你们俩都倔得像骡子，我们也许能迎她进来。”

“什么？在我家接受赖鹭生的杂种？”他口沫横飞。

婶婶温和地笑笑：“你又来了。他们喜欢怎么住，那是他们的事。我只求你忘记一切，凡事都要原谅。万一他需要钱，我是不会拒绝的。谁也不知道将来会有什么结果。秀瑛对这件事的看法怎么样？”

“我不知道。刚才看她好像蛮高兴的。新洛那个当记者的朋友韦生一直都陪着她。”

叔叔深深觉得羞辱。

“我知道，秀瑛她一向护着新洛。我不懂这些受过教育却一天到晚在报上涂涂写写舞文弄诗的女学生，她还是咱们家培养出来的呢。到头来却没有一个人感谢我的恩情，我把她带出来，又替她找到了那份工作。”

叔叔内心感到最大的屈辱，就是亲侄儿不够敬爱他，既不关心他，又不肯讨他欢心，也不肯听他的话。新洛应该知道，金钱就是力量，叔叔有权利把钱交给他喜欢的人。只要新洛肯像一般年轻懂事敏感的侄儿，说声“是的，阿叔”就可以得到一切……但是新洛就是不愿意。

新洛坚持要娶韩沁，叔叔则反对到底。两头公牛都有犄角，谁也不肯让步。

新洛曾经多次跟叔叔谈过，他一定要娶那个混血儿，每次谈话都闹得不欢而散。

“你一直和那个‘查某’来往？”叔叔问新洛，这句粗话“查某”相当于英文里讲“臭婊子”一样。

新洛很生气："你是说韩沁？"

"是的，我是说那个外国女孩子。你对她该不是认真的吧？"

"恐怕是哟！"新洛直截了当回答。

"新洛，"叔叔厉言正色地说，"外国女孩子不老实，韩沁是混血儿，半番婆。她们就只喜欢花钱、花钱、花钱。你养不起她的。她们没有我们中国女子的血统和责任感。看看我，我是一家之主。你想我若娶了一个外国太太，我能当一家之主吗？你别再去骗自己了。很多中国女孩子乐意嫁到我们家来，那样她可舒服多了。外国女孩子是很漂亮——但是也很会花钱。韩沁很漂亮，我晓得。你若爱看俏查某和裸体女人，多的是地方可以让你夜夜一饱眼福。但是在家里又不同。你试想外国太太，甚至混血太太她们能容我娶妾吗？这些事情是绝对办不到的。彼此的风俗习惯又不一样，你最好还是听叔叔的劝告。"

"阿叔，拜托，我一向听你的话。不过关于这件事……这是一个人的感情问题。她是一个很不错的女孩——这是一种情感的问题……"他说话断断续续的。

"你知道她母亲是吧女？"

"那算得了什么？父亲和你也曾经当过苦力。那又有什么分别呢？"

"算得了什么，你说什么？"叔叔的声音提高了一点。他尽量抑制自己，然后翻动嘴里的雪茄。新洛看到金戒指在他手上闪闪发光。"记住，你父亲和我一向都走正路谋生。你可不要以为，由日薪计酬的工人而达到我今天的地位是件很容易的事。你不能说，那算什么？你去工厂做一天工试试看，你就知道了……嗯，娶进我们家的女子，我要求她要有教养、懂礼貌、有责任感、敬重长辈。你不能说，那算什么？你还是仔细考虑一下。你父亲去世了，我对你有责任。你现在准备吃晚饭去吧。”

他最气的是，新洛回来以后，就不肯再和中国女孩相亲。

有一天他对侄儿说：“你简直疯了，你不肯看中国女孩子，你已经被那个混血儿迷住了。”

新洛忍住怒火：“我想是吧。欧亚混血儿和别人没有什么差别。你为什么不能把他们当成普通人看，而忘掉他们的种族呢？我一直打算和您好好地谈一谈，阿叔。”

“那就不必了。”叔叔粗鲁地说。

“阿叔，很抱歉，有件事我非说不可。我们已经打算订婚。你知道，我们彼此认识有一年了，我爱她。”

“你被她迷住了。”

“不，我是真爱她。阿叔，拜托。”

“我还是说，你是被她迷住了。”

“好吧，就算迷住，除了她我不可能娶别人。你懂吗？”

“但是，她爱不爱你呢。噢，当然，这些外国女孩子，我打赌她会说爱你。于是你就迷昏了头了。你父亲死后，我一直把你当作亲生的儿子看待。如今你这一代长大了。你应该娶中国太太，中国太太才是终身伴侣。我还想在别人面前抬起头来呢。”

叔叔心烦意乱，嗓音愈来愈大，他用力咬着雪茄，在嘴里翻来翻去。

新洛已经下定了决心，所以没说话，恭恭敬敬听着。

叔叔继续说：“这个女孩子，韩沁，她姓什么？”

“他父亲是葡萄牙人，母亲姓马，是广东人。这就够了。韩沁和我们说同样的话，吃同样的饭菜。我不懂为什么我们家不能接纳她。”

叔叔由眼镜顶端冷冷瞥了他一眼：“你使我很为难。不管怎么样，你总要说出她的姓名，她父亲甚至祖父的姓名，至少他们的中文名字。你知道这是规矩，我要去查一下。”

“那好。但是我告诉你，阿叔，我是非她不娶了。是我要娶她，不是这一家人。”

老头子觉得他这句话讲得太过分了。他气冲冲提高嗓门说：“反了！是你娶这个女孩子，不是我们家？我问你，你从哪里来的？没有家，哪有你？你胆子真大！媳妇娶进家门，我是不是要供她吃、供她穿？她是不是睡在我的屋顶下？你竟敢说媳妇和咱们一家人没有关系。你的理智到哪里去了？哼……”

他没有说完，拄着拐杖气冲冲上楼了。

新洛没想到，叔叔带着一沓卡片又下楼来，一沓都是欧洲女子的照片——全裸或半裸的。他说：“拿去，看个够。我找遍办公室的抽屉，特地把这些玩意儿带回来让你瞧瞧。你可以看看她们的品德，到底是怎样一回事。你如果觉得可以娶她们之中任何一个人做太太，告诉我一声。”

新洛没有去接，叔叔把照片推给他说：“拿去。”叔叔的眼光充满怜悯和关怀。他想愚弄侄儿让他自觉卑微、可笑。新洛很尴尬，把照片放入口袋里。

“你这个傻瓜！”叔叔说着就走开了。

根据叔叔的调查发现，韩沁不但是吧女的私生子，她自己还和赖鹜生过小孩，叔叔的怒火终于爆发了。他的声音在两层楼房里砰砰作响，谁也不敢吭气。“滚出去！”他大叫，“别把那个女孩子再带到我家来。”

“你放心好了！”新洛忍气说。

到底是琼娜煽动叔叔的满腔怒火，还是真如她自己说的，曾经尽力帮他的忙，他是永远也没办法弄清楚这回事。

韩沁佩服新洛有这份勇气——决心要娶她。他知道雇员的薪水微薄，必须省吃俭用。他们在谭林区牛顿广场旁边的一栋三楼公寓里，找到一间小住宅。总共有三十多户人家住在这栋大楼里。设备很新式，区内林木茂盛，附近绿木成荫，并且有草地供儿童玩耍。很多英国职员住不起花园洋房，就携家眷住在这个住宅区里。

韩沁是托一个混血朋友找到这间住宅的。这儿还有不少混血家庭——都是一些银行的雇员、邮政人员、秘书，以及一些开店的人家。韩沁和新洛蛮喜欢这个地方，因为环境和气氛都还不错。

公寓很小、很嘈杂，一大堆孩子跑来跑去。居民成天挤在一起，虽然是邻居，但彼此间只维持表面上的交情。

娶了英国太太的白人穷职员，他们只和八分之七白人血统的邻居维持点头之交；八分之七的白人又看不起混血的白人；同样，混血白人对于另外四分之一白人血统的邻居也不大理睬。

但是新洛住在新居里非常快乐，有韩沁相伴嘛。

至于她，就算他们没有正式结婚，但她仍然一直认为她是他的新娘。由于情势的恶化，他可以说已经被叔叔赶了出来。韩沁和她妈妈也就没有坚持一定要举行婚礼。她们静观其变。同时，韩沁辞去了女侍的苦差事，松了一口气。

事实上，他们俩都很喜欢独居，这样一来，言行便可以不必受亲戚的监视。

第十四章

六个月过去了。

新洛仿佛处在狭路中，为了自尊他总不能向叔叔要钱。他不能寄钱给母亲，实在是一大问题。

韦生到办公室去看他，发现鹭巢的照片已被挂在新洛桌子的对面。新洛说，他太太不许他挂在家里。

韦生从来没见过这么忠心耿耿的丈夫。和别人一样，新洛上班时，手上也套着衬袖。两台大桨叶的老式吊扇在头上呜呜扇风，他却正好坐在吸收热风尾劲的位子上。他不回家吃午饭，若是回家就得在烈日下走一段很长的路。他花了一大笔钱买了一个冰箱和一个漂亮的唱机，只因为韩沁喜欢跳舞。

吊扇一天天在头上转，新洛也一天天拖着，他比吊扇还要沉默。为了平衡开支，他连周末也去兼差。也难怪，他和千千万万的人一样，陷入近代经济机械的老鼠笼中，辛辛苦苦，充满希望，靠薪水过活，尽量讨上司的好感。他下班后累得简直连散步的时间和兴趣都没有了。

韩沁一定很沮丧。她也不再到柔佛参加游泳聚会，不再到海边或大世界娱乐中心逛夜市。他们过着拮据的生活，预算很紧，住家空间又狭小，几乎每一刻都听得到邻居小孩和太太的嗓音。

棕发美丽的韩沁一心渴望爵士乐和查理士登舞曲所带来的刺激，以消除中产阶级生活的贫乏和沉闷。

新洛不知不觉已脱离了他叔叔的中国朋友圈子。

有一次他对朋友说，他姐姐曾说过塑造家庭的是女人，不是男人，实在对极了，因为她们经常在家，男人却不见得。

他还时常和韦生见面，至少每周一次，都在午饭时候。偶尔他也去看秀瑛姑姑，甚至带韩沁去。除了他们俩，他就没有谈得来的人了。一个月左右，他会到叔叔家吃一次饭。话题都是表面的，两个人都各持己见，彼此的关系大不如前。新洛觉得对婶婶或琼娜还好说话些。

渐渐地，韩沁决定了家中交往的人物。新洛回家，往往发现他太太正在家里搞聚会。大家都喝橘子汁，吃爆米花，听爵士音乐。有些是韩沁的混血老朋友和混血夫妇。他们兴致来的时候，就卷起地毯，扭开爵士乐，在沙发空出来的小地板上跳舞。

新洛勉强打起精神，和太太的朋友周旋，心里却只想静一静，好好睡一觉。

“你为什么不事先通知我？”十一点半左右，客人走了，他会责问她，“明天我要早起。你总希望我保住饭碗，对不对？”

“但是他们是我的朋友。我也有社交上的义务。我必须回请他们，对不对？你自己不肯我打电话到办公室找你。我要怎么样告诉你呢？

就像所有年轻的爱侣，他们相吻，和好如初。

新洛呻吟一声，倒头大睡。

也许韩沁对男人特别有魅力，也许新洛特别能以精致的礼物来保持伟大爱情的幻想，所以他们在生活上相处得还不错。

其实韩沁不但失望，而且厌烦。新洛和韩沁都重新发现了自己。他们的生活并不如她当初的想象——有车，有别墅，有身份，有好衣裳穿，有大把钞票可供挥霍。绝对不是像现在这样只能在床笫拥抱热吻而已。房子很小，他们还不打算生孩子——他们住不起大一点的公寓。

跟新洛在一起的世界不是她此生所追求、渴望的模式。住在这一栋大楼的邻居对她又不太友善，他们各有各的烦恼，有些人也和她一样厌烦。她决定和新洛同居，主要是为了安全感，但是现在她并不觉得安稳，她为这种生活付出了太大的代价，得到的只不过是无聊和厌烦。新洛整天上班，她待在只有两房的公寓也没有多少家事可做，而且她对家务事也不太有兴趣。少女浪漫的世界已经成为过去，尤其是以往那种单身女孩我行我素、自赚自花、被人追求、唱唱跳跳、打情骂俏的自由日子——全都变成“怨妇盼郎夜归”的单调、沉闷生活。

韩沁开始对钱分毫必计。她以前也没有多少钱，但是她知道以前一分一文都是她自己赚的，可以爱做什么就做什么，现在却要向新洛开口。

穷极无聊，她就出去找朋友。妮娜现在嫁给一个吉隆坡的中国商人，和夫家住在一栋优美的大房子里，过得很幸福。

还有莎莉。莎莉住在帝国码头附近的一间公寓里。莎莉很风趣。她是一个和她一样的健美少女。她去看莎莉，两个人总是一起玩牌。至少韩沁觉得莎莉跟她是谈得来、志趣也蛮相投的朋友。

莎莉单身二十七八岁，比她大几岁。由莎莉的窗口望去，可以看见新加坡湾。每天都有五六十艘大大小小的轮船在港内进出。东面窗外是窄街和几栋欧式建筑的屋顶。公寓在三楼的顶层。晚上她们可以看见一排灯光通向可丽叶船坞和克里佛码头。

这个画面使人兴起大都会的刺激感，觉得自己就在万物的中心。楼下有一间咖啡厅。时时让人觉得自己在新加坡刺激的生活中，处处充满了黑暗、神秘、美丽。

说也奇怪，无论白天或晚上，韩沁在这儿就觉得自在些，总觉得身在都市，属于都市，和谭林住宅区消沉、枯寂的感觉完全相反。

有时候韩沁和莎莉一起出门，拐向左边，来到附近人潮穿梭不停的汇区小巷。那一带有很多中国铺子、马来小吃摊、伊斯兰教市集和印度丝绸宝石店。这个地区比韩沁待过的奶品店附近还要拥挤。莎莉认识每一条巷弄弯路，韩沁对这个地区却相当陌生。有时候她们早上十点出门，到可丽叶船坞转一圈，在拱廊吃饭，然后再慢慢逛回来。

韩沁和莎莉消磨半天，总觉得快乐多了。莎莉天生热情，又有大把钞票可花。看到莎莉，她就想起自己失落的自由。

“你过得怎么样？”有一天莎莉问她。

“平平淡淡。”

“怎么说呢？”

“无聊透了。每天都一样。他整天不在家。没有一个邻居可谈。我没想到跟他在一起生活竟会是这个样子。我若要买一顶新帽子之类的，就要伸手向他讨钱。”

“咦？我以为他很有钱，听说他们有橡胶厂。”

“是呀，不过根本不是那么回事。他叔叔控制一切，他不赞成我们结婚，我们也不愿意和他家人住在一起。新洛很自傲，所以不肯向他叔叔低头要钱，我们只好一切靠自己。”

“不过……”

“没什么不过的。我以前又快乐又自由，现在可不是那么回事了。”

“新洛还爱你吧？”

“很爱。悲剧就在这里。他每天回家都很累——有时候晚上还要工作。我和他吻别，就上床睡觉了。我们没什么可谈的。有时候我真巴不得他对我发火，我好扔东西摔他。”

“你怎么这样说呢？”莎莉屏息等她的答案。

“噢，我不知道。我心情就是那样嘛。也许我会不知不觉地怪他让我过这种日子。也许他对我太好了些，我巴不得他偶尔发发脾气，打我或骂我。看到同一栋大楼有几对夫妻，大吵大叫，然后又和好了。至少那样比较刺激。”

莎莉和韩沁个性有些地方很相像。她是法国人和英国祆教徒的混血儿，生在孟买，至少家人是这么说的。她只确知自己在孟加拉的首都达卡长大。她肤色很白，黑发剪得短短的，胸部奇大无比。她穿一件低胸的罩衫，不断向左、向右拉来拉去。“我也可能是阿尔及利亚人，谁在乎。”她带着轻松、做作的笑容说。

她们在莎莉的房间里。“如果你非嫁一个男人不可，为什么要选中国人呢？”莎莉说，“你若想要一个会发脾气，揍你屁股的男人，你该找阿拉伯人、土耳其人或法国人哪。”莎莉笑笑，露出一排整齐的贝齿。

韩沁仔细揣摩她。她好轻松、好自信。韩沁佩服她的幽默和勇气。

“我觉得中国人温驯多了，”莎莉继续说，“他们的文明太悠久，我是指磕头之类的礼节。给我找一个阿拉伯人或土耳其人都可以……别那样看我嘛。只要他们有别墅，能送你一辆车，就没有问题了。老天，生活到底为了什么？我不知道你为什么那么古板。我是你的朋友，我是跟你讲实话。”

“你真有意思。”韩沁说。

“一点也不。这是真话。我告诉你，看看这座城市。我爱它，彻头彻尾爱它。大家又为什么奔波呢？金钱和爱情？对不对？”

“当然，但是两者无法得兼。”

“听我说，我比你大几岁，见过不少世面。推动世界的是金钱和爱情。没有一件事比得上一块好牛排和一次交欢。说到钱，你若不是赚到它，就是赚不到它。要我嫁一个秃头的老富翁，我也不在乎，对不对？但是我不愿意。至于爱情嘛，我打赌，我享受的比你从小气鬼新洛那儿得到的还要多。我不是说他的坏话，但是我比较喜欢欧洲人，你不是吗？”

“有些欧洲人很高大、很英俊。我想我们是同种的。”

“对。我喜欢他们，他们和我们比较相像。我曾经交过一个中国朋友。他给我不少钱，但我就是受不了他的塌鼻子。我叫他不要再来了。他问我为什么，还说要照付我所开出的价钱，但是我没有说出原因。我喜欢高大、肌肉发达的男人。就像你说的，他们和我们同种。”

“你做什么事？”

“我在跑码头。我就是喜欢男人嘛。一船一船的男人。天哪，哪一个男人抗拒得了年轻女人的胴体，谁不愿享受享受呢。当时，你被枷锁困住了，那跟我完全不同。但是我是自由身，我可以随心所欲为所欲为。我不替任何人工作，然而我却赚了不少钱呢。”

“当然我不一样。我不像你，我有家、有丈夫。我不能这样对他。你或许不会相信，我一直对他很忠贞。自从和新洛同居，我就没有陪别的男人出去过。”

莎莉听出她话中有羡慕的口吻。

“你当然不行。我不是劝你过我这种生活。虽然找男人很容易，但是我不会劝你跟我学，那样做对你太冒险了。我不希望你和亲你、爱你的新洛发生什么纠纷。当然你不知道我对像他这样的男人有多少认识。我只是和你谈谈我自己的生活。我不想改变你的生活方式。”

莎莉的话到此为止。韩沁的朋友中，从没有一个干过像莎莉这一行的。莎莉住口不说话，韩沁却想要多知道一点。

“再说点嘛，多谈谈你的事让我听听。”她说。

莎莉看看窗外。她一定是故意选择码头后街的公寓，好充分浏览港口的动态。她说：“有一艘‘光盛轮’，昨天才进港。船上有一个爱尔兰少年狂恋着我。这艘船专跑香港、马尼拉、雅加达和新加坡。每隔三四个星期，他就会出现。他还没结婚，想要娶我。但是我说，不行。我不想被一个水手绑住——何苦呢？所以我们还是朋友。每次那艘船入港，他就来看我，我们一起度过快乐的时光。他带我出去吃饭、看电影。他不在的时候，我也不痴痴想他。老天，才不呢？我的意大利男友在‘可伦坡号’上，我的希腊男友在‘马耳他十字号’上。他们来来去去，有别人填补空当。我认识一个葡萄牙船长，他蛮喜欢我的。他当然有家眷，还把太太的照片给我看，那也没什么差别。我们只是好朋友。我从来不缺爱人……”

这就是莎莉典型的谈话。她可以连说好几个钟头。口才是她最活跃的特点，她会用十三种语言说“我爱你”。

第十五章

韩沁知道，只要她开口，莎莉可以轻易替她安排一个特别的地方跟其他男人约会。但是她知道自己不该这么做。她愈来愈喜欢去找莎莉。莎莉生气勃勃，人很活跃，总是能叫她打起精神来。韩沁回家，就觉得自己为爱人牺牲太大了。

毫无疑问，她对新洛的爱已经起了变化。她已渴望重获自由，尤其怀念往日那种在奶品店上班特独立自主的少女生涯。她宁可上班，自己赚钱过日子。她想得愈多，心中就愈渴望自由。事实上，新洛愈是疯狂爱她、依赖她，愈使一切变得更悲哀。

当然新洛也感觉到了。他回家，往往发现她精神紧张、情绪暴躁。新洛肯为她做牛做马，但是他觉得她不再满足了。一道阴影已进入他们的生活——一道悠长、无形、神秘的影子已爬入他的灵魂。他心灰意冷，却不明白是怎么回事。他从来没有料到如今竟会有这样的局面出现。

“亲亲，怎么啦？”

“没有哇。”

“你跟我在一起，好像不快乐。”

“关在这个小洞里，整天没事做，你要我怎么快乐得起来呢？你有你的工作，你想要我做什么？”

“你是不是想搬到叔叔家去住？”

“当然不是。”

“如果是钱的问题，我可以去找叔叔。我知道，只要我开口，他会随时给我几千块。我只是不愿意开口而已。但是为了你，我愿意去。现在我是尽量不去依靠他，我想他也佩服我这点。”

韩沁沉着脸不说话，脸上毫无表情。

“请你明白，亲亲，”新洛说，“每一个年轻的律师都要经过磨炼。我们必须做一切杂七杂八的拙事，还要替上司准备各种文件资料。我已经学到了不少经验，只要我们耐心等他几年，也许几年以后我就可以自己开业了，那时候就不同了。”

“那这几年你希望我干些什么？单靠你一个月六百五十元新币节俭过日子，等你变成肥胖有成就的大律师后，我也不再像现在年轻动人了。我了解那些胖嘟嘟、成功的大人物是哪一副嘴脸。”

“你怎么知道？”

“我就是知道，到了那时候，你会去追求那些年轻的女孩子。”

新洛真是忍无可忍。他拼命盯着她，仿佛从来没有看过她似的。他闭紧双唇，似乎这是第一次看透了他娶为妻子、迄今仍然挚爱的女人的真正面目。

“你把我想成哪种人？”他终于说。

“我还能怎么想？天下男人不都是一样吗？”她站起身，在地板上踱来踱去，然后用拳头打打沙发，坐了下来，冷冷地盯着新洛。

新洛吓呆了。她从来没有这样过。他走上去，坐在她身边，抓起她的手。

“亲亲，对不起，我没有给你一个豪华的家。但是，我想我们曾经同意不靠叔叔的。我知道这样一定会使你感到很艰苦。”

他想吻她，但是她偏过脸说：“拜托，别这样。”

“天哪，到底是怎么回事？请你说出来吧。”

“没什么。”

她又沉着脸不吭声了。她的头发梳向一边，现在正由眼角看他，和订婚前她送给他的一张照片表情一模一样。她两腿盘坐在沙发上，仍然美得叫人心动。但是新洛觉得，她已经不爱他了。这比她说上千言万语还要明白、还要肯定。他尽量使自己面对现实。“我知道你不爱我了。”他忐忑不安地说，想看看她怎么回答。

“除了爱情，就没有别的啦？”

她回答。她站起来，没有再说话，径自上床去了。

第二天，新洛很早醒来。昨夜的场面使他嘴巴觉得苦苦的，韩沁怎么啦？噢，他想，早上该是谈和的最佳时机吧。

他们分睡在一张双人床上。公寓位于二楼，一扇半闭、带着格子把手的落地窗正朝外向着屋外的林地。新洛起身，在阳台栏杆边站了一会儿，尽量让她知道自己起床了。他回头看看她被单下的身影，头发披在枕头上，眼睛闭得紧紧的。

梳妆台上的一个小音乐匣，会放出《巴黎之爱》的曲子。以前他们早上相拥而卧，最爱听这支乐曲。他走上去打开音乐匣。

除非她睡得很熟，否则她应该听到声音，说一句甜蜜的早安。但是她一句话也没说。

他一遍又一遍播放。等待她睁开眼，他好上去求爱，和好。他等了半天，韩沁一动也不动。然后她突然睁开眼，跳下床，进浴室去了，进去了好久才回来。

事情竟是如此。他们的爱情已经消逝了。她还是不高兴，心情仍然不好。这可绝对不仅仅是单纯的紧张之夜，或是好好睡一觉就没事的。

等她出浴室，他已经煮好咖啡，放在餐桌上。她穿着粉红的浴袍，在他前额上匆匆一吻，就坐了下来。

“觉得好一点了？”他问她。

“也许吧？”她无精打采地说。

他举起咖啡杯：“共祝一个好日子来临！”

她举杯说：“又是一天！”她的说法好像很悲哀，好像囚犯又过了一天似的。

他觉得韩沁想把他甩掉，他没有说话，喝完咖啡就上班去了。

天还很早。他走远路，穿过几处阴凉地方，来到商业街。八点钟，热带的太阳已照得人眼花缭乱。他心里充满失败的感觉，不是工作失败，而是终身憧憬塑造的伟大爱情——一种无限、完美、升华，应该像魔咒般保护他一生的爱情——终于失败了。

满脑尽是些小事。他记得俩人曾经在树林和海滩散步，她的手臂总是环在他腰上，甩头大笑。现在她看他回家，眼睛里没有一丝喜色。爬楼梯也笔直走在前头。

他想起一个周末的黄昏，他陪她到贝多区的一家饭店去。那儿有一个二十平方尺的小舞台，一支带着钢琴的弦乐队正在演奏着，五六十对外国人翩翩起舞。

“要不要跳？”饭后他问她。

“不想。”

“噢，来嘛，我知道你喜欢跳舞。”

她勉强陪他，默默跳着。不到两分钟，她就说：“我们回去吧。”

他发现她正在看那些欧洲男士。他们也盯着她望。

“咦，大家都在看你。你真的很迷人哟。”他说。

“大概是因为我们俩太不一样。”她答说。

莫非因为他是中国人，她因此而觉得丢脸吗？他被弄得莫名其妙。他敢打赌，如果他不在，她会整夜和那些欧洲人跳个痛快。

他失败了。他知道，对于自己美梦中的伟大爱情他已没有丝毫灵感。凡事缺少了灵感，就是行不通。

他从来都没有想过不再爱她。

那天下班，他去找叔叔。他开口要几千块。叔叔就等着有一天他回来要钱。他不必说理由。叔叔知道，薪水定是不够用。

“拿去吧，”叔叔说，“我知道你缺钱用。最近怎么样？”

“噢！很好，很好。”

新洛知道，他明明可以轻轻松松地给她更多钱，却要韩沁勤俭、节省，实在有点不公平。都怪他该死的自尊！

口袋里有了支票，他决心回去补偿一番。

“猜我拿到了什么？”他一进门，就对她扬一扬支票。

“你从哪里弄来的？”

"向叔叔要的。"

韩沁的脸显而易见地变得舒畅了:"我以为你不肯要。"

"都怪我的自尊心作祟。我不肯要。我觉得对你不够好。我叔叔有的是钱。拿去吧,要买什么就买什么。"

"他有没有问什么?"

"没有。他多多少少会料到了。"

"你谢了他?"

"嗯。今晚我们出去吃一顿大餐。好不好?"

他们到兰亭屋顶餐厅。新洛兴致勃勃,充满希望。他们应该过这种日子。星期天出去玩玩,为什么他不用用叔叔的车?反正亲人隔一段时间见一面,也不干涉彼此的生活,应该可以处得相当愉快才对。

韩沁不喜欢中国酒和欧洲甜酒。他们喝葡萄酒,吃好几道美味的菜肴。

新洛想要好好玩一夜。饭后他们去看电影,走出戏院,他又说:"我们上海滩去。"

陪她上海滩是他萦怀的美梦,永恒不灭的美梦。两个人可以不受干扰,躺在星空下,聆听遥远的海涛声。他们可以躺一夜,倾谈彼此的爱意和渴望,谈一切,讨论一切,遗世独立。他常常想起他们初识的时候,他们在沙滩上互诉情衷的夜晚。他要重拾那份爱情。当然,她一定会旧情复炽,他觉得一切只不过是被生活环境暂时扼杀罢了。

他们搭计程车来到东岸路,夜市大开。他们下了车,一起踏上海滩的通道。

韩沁一言不发。看她的神情既不快活，也不沮丧。仅止于表面的友善而已。她的手臂也不再环到他腰上。他们踏上微湿的沙地。

上端暗暗的海岸线露出几栋房屋的轮廓。他们在弯路上走了千百米，来到荒无人烟的海滩。远处只有微光照过来。韩沁似乎不想停下脚步，只想一直往前走。她好像生怕和他独处在暗处似的。

最后他说："咱们坐下吧。"他带了一件外套，仔细铺在沙地上。

他渴望已久的重要关头终于来临了。他们都躺在沙地上。

他弯身去吻她，她却说："请你不要这样。"

"我不明白你。你到底怎么啦？"

"我不知道。"

"你跟我在一起，好像不快乐。"

"你对我很好，我非常感激。不是性的问题，性并不重要。只是一些小事情……我也没办法解释。"

他用手环住她，再弯身来吻。她说："我已经告诉你了……"

他的幻想破灭了。他曾一度梦想这样的幽会，彼此身心相连在一起。他们可以重拾那个美梦。整夜在情人滩上，与世隔绝。他们本可以在自己房里谈情说爱，却跑到沙滩上来，未免太傻了。他们住在一起，睡同一个房间，最近连碰也没碰过对方一下。但是他以为把她带到从前谈爱的场所，他们就可以重新捕捉往日约会时的情调，她全心爱他，他也心无旁骛。

现在他知道彼此的关系已经触礁，享受爱情的情趣也没有了。

不久韩沁就到莎莉的住所和男人幽会。她完全信赖莎莉，所以钱都留在她那儿。她需要的不是金钱，而是感官的刺激，能使她逃避待在新洛身边的枯燥日子，也只有这样才使她真正体验到都市生活的刺激。积久成习，她对于自己不忠的事情自我解嘲地说是她比较喜欢欧洲男人。莎莉叫她千万要小心谨慎。

“没有必要告诉谁，”莎莉说，“以你的身份及处境一定要格外当心。我不希望你惹上麻烦。后果的严重可以想象，如果你避开这儿的居民，只接受观光客之类的，就不会有问题。”

韩沁回家，精神总是很爽快。如果她傍晚回来，发现新洛在家，她就说是散步去了，他也没有追问过。她对新洛的态度也显得友善多了，因为她感觉自己现在比以前快乐。

他们常常静静吃晚餐，听听音乐，然后新洛就说他有事要办。她对他的法律公事一点兴趣都没有。有时候他情欲高炽，她却说自己实在太累了，没有兴趣相好。

第十六章

有一天韦生意外听到新洛说："韩沁和我同意分居了。"

"为什么？"

"就是合不来嘛。"新洛简略地说。

没有必要多加解释了。

当时——一九二九年——经济大大萧条了一阵子。银行接二连三倒闭。几个商业世家也宣布破产。橡胶贱如尘土。一切信誉都受到了威胁。

新洛仍然保住了差事，回到他叔叔家去住。韩沁到一个店铺工作，后来又换到一家美容院。不久以后，新洛发现她在一家饭店的理发厅担任修指甲师傅，她因为外形迷人，所以收入相当不错。

韦生听到他朋友和情人分居，相当诧异。新洛尤其没想到秀瑛姑姑居然和韦生也交上了朋友。

你永远猜不透女人。秀瑛至少比韦生大四五岁。由外形的观点来说，新洛也没想到他的朋友对女性还有吸引力——尤其他这位整洁、秀气的小姑姑，他原以为她永远不会结婚的。

满头乱发，一副邋遢、充满挑战味的诗人外表没想到却正好打动了秀瑛的芳心。毫无疑问，双方都有爱慕之意。韦生具有优秀的中国文学素养，就算一篇信手拈来的报道，也朗朗可读，文笔出色，偶尔还夹上一些古典的暗讽，对一个博学多闻的中国学者自然具有很大的吸引力。通常暗讽愈冷愈偏，看得懂的人就愈得意。就像讽刺话一样，若圈子中懂的人愈少，则真正懂它的人就愈觉得过瘾。

一切文学引喻都具有相当的隐默性，才能产生使读者共鸣的吸力，给人“你不懂我懂”的感觉。

俩人在一起之后，韦生也鼓励秀瑛用笔名发表诗篇和短文。

但是清秀、美丽、风雅的秀瑛怎么能忍受韦生一头的乱发、肮脏的指甲和经常忘记带火柴、忘记对女士多礼的种种习惯呢？然而事实上，她好像一点都不在乎。

有时候两个人应邀到叔叔家。既然新洛回叔叔家了，只要他们两个人有空，他常常会主动打电话邀请他们来玩。

屋子里再度充满年轻人的欢笑声。秀瑛和他们在一块儿，显得很活泼，韦生带的手帕显然也比以前要干净多了。

有一次新洛不在，叔叔对韦生说：“我从来没听过这么混账的事。那个外国女孩子已经进到新洛的骨髓里。他还要她，还痴心希望有一天她会回到他的身边。你倒说说看，我虽然不算有钱，但是我绝不会要一个修指甲师傅当儿媳妇。我从来没有听过这么混账的事。”

他咬咬雪茄，吐了一口痰。

新洛日渐消瘦。颧骨开始突出来。眼神里总带着迷迷蒙蒙、如梦如痴的表情。

双方既然暂时分居，新洛还不断去看韩沁，两个人见面都没有恶感。韩沁如今总算达到了自己的愿望，态度不坏；新洛则仍一心希望分居只是暂时的。他们碰面，总是高高兴兴“哈啰”一声！

有一天下午，新洛带韩沁到公园前广场角落的一间咖啡室去。离市中心有一段距离。他们常常到这间咖啡屋，因为人不多，他们可以独处。咖啡室通宵营业，他们相识的头一年常来这里。附近有一家消夜酒店，灯光黯淡，顾客可以喝酒，找女侍跳舞。

新洛始终认为，只要带她到从前约会的场所，他就可以唤醒她旧日的回忆。高大的店主和他太太都认识他们。门边有一架自动留声机，后面有六七张对坐的台子。新洛选了一张靠内角的桌子，可以静静谈话。他们有机会讨论彼此的问题。他问起她的近况，她就谈谈自己在彩纤商场的工作情形。工作很轻松，她常常收到一元的小费。她对自己工作现况倒是挺喜欢的。

这时候正好有几个法国水手进来了，叫了一些酒，站在柜台边，点一张留声机的唱片，开始唱起歌来。韩沁站起来听音乐，不久就帮水手们选择自己喜欢的唱片。她和他们谈得很起劲，并且随音乐的节拍摇头拍手。

新洛懊恼极了，她居然抛下自己，去陪不相识的水手。两个人难得单独会面的机会对她好像根本不算一回事。他迫不得已，只好上前参加。她正盯着他们制服上的徽章，问他们是什么意思。过了一会儿，韩沁和他转到另一角的酒吧去喝酒。韩沁发现，新洛送给她的一个银质打火机不见了，上面还刻着她的名字呢。她气疯了。

她记得曾经借给一个水手用，但是那个水手却不承认。他们从吧台走回咖啡厅来找。水手终于拿出来，还说他是在一个花瓶上捡到的。

如果有什么事比沙滩那一夜更叫新洛伤心的话，就属这一次约会了。也许她宁愿陪陌生的水手而不愿陪他，借此向他表白她是自由身；也许她根本不在乎，希望他死心。

他提议到大世界娱乐中心，里面有射击长廊、艺品店、饮料摊、冰激凌中心、电影院和舞厅，是马来青年和女友常去的地方。男女面对面，随着鼓声和尖锐的乐声起舞、拍手、前后踏步，但是彼此身体不接触。这是热带地方刚刚兴起的一种舞蹈，男女因为天热流汗，根本不想拥抱在一起。

“但是我刚刚去过了。”韩沁说。

“那我们出去吃饭，地方随你挑。”

“抱歉，我和一个朋友有了饭局。不介意吧？”

“绝不会。”新洛说，心情却像斗败了的小狗。

他说，那他就回家了。她还不想走，她要等着外出吃饭呢。

新洛心中充满孤寂。他从来没有这样被女孩子蔑视过。但是他知道自己少不了她。除了韩沁，他不可能再爱别人。

他在叔叔家跟大家一起吃晚饭，心都要碎了。他回房打算看看书，但是注意力一直无法集中。他要见韩沁，看她的面孔，听她的声音。他等到十点，决定到她家再找她一次，一定要和她谈谈。他告诉叔叔说要出去。叔叔看他失魂落魄，也没有问什么，如果韩沁陪朋友吃饭，这时候一定回家了。

他到她母亲家，听说她还没有回来。一切反而使他感到更失望、更寂寞。

他走遍所有夜总会，希望找到她，逼她一起回来。但是却连她的影子都没有。

最后，他回到他们最喜欢的咖啡店，认为她或许会在那儿。她果然在那里，陪一位他从来没有见过的男人，一个具有中等身材、运动体型的法国青年。

她看他进来，有点吃惊，却毫无窘态。她低声对她朋友说，新洛是她从前的爱人。她为两人介绍了一番。法国人用亮晶晶的双眼看看他。他似乎觉得很有趣。他们相互微笑。留声机正播着一首非洲歌曲:《甜心，我爱你》。

三个人转到隔壁的酒吧，他们始终很友善，韩沁偶尔和法国人说话，偶尔和他谈谈。听说这边晚上会有余兴节目，他们一直等到半夜，顾客也不多，但是余兴节目始终没有开始。

韩沁随着法国人回到咖啡馆，闲站在一边。新洛自知碍眼，就说要回家了。

法国人听到这个好消息，忙说“要不要我送你回去”。韩沁说:“他有车子。”

“不，谢了。”新洛推辞着说。

他们一起走出大门，站在广场角落里，法国人有点不耐烦了。他说:“那么再见啰！”开始陪韩沁走开。新洛说声再见，伫立在那儿，想看看他们要去哪里。他俩没登上法国人的汽车，却手拉手逛向公园。新洛眼看着意中人在另一个男士的怀抱里消失在暗处。多无耻的一幕！

新洛心寒到了极点。他不必疑惑、不必踌躇，原来这就是韩沁的真面目。他认为两人的关系已经完了。

突然他想起"独立"这个字眼。是的，她渴望脱离他而独立，正如他自己不想依赖叔叔一样。

第二天他做了一件最疯狂的傻事。他整夜翻来覆去睡不着。一大早醒来，第一件事就是想起韩沁。他觉得还有未尽的事宜，他一定要见韩沁，做一个正式的了断。现在正好八点左右，他希望能陪她一起吃早餐。没想到走近她家，却看见一辆汽车停下来，韩沁正跨出车门。

那位法国人端坐在驾驶座上，笑得好开心。

她一点都不难为情，表情十分兴奋、愉快。

"进来吧。我刚回来。"

"不了，我刚好起得早些，路过这里。"

"有什么话要说吗？"

"没有。"

这时候车里的法国人露出胜利的微笑，向新洛挥挥手，把引擎换到第一挡，开车疾驶而去。

新洛回头走了一段路，搭上巴士，到办公室上班。

那天早上的遭遇使新洛的爱情美梦完全破灭了。他们的爱情就连肉体的基础都谈不上。她对他吝啬异常，但却可以大方地通宵陪伴陌生的水手。

第十七章

那是一九二九年。家乡和国外连续发生的许多变故，对于新洛的一生也产生诸多的影响。

经济不景气使得新加坡各个行业都连根动摇了，只有一些较具规模的大企业能够幸存。几家地方银行纷纷宣告倒闭，成千上万的员工失业在街头流浪，码头区到处充斥找工作的游民，乞丐人数一天天增加。每天都有自杀的新闻，或者刊登某百万富翁一夜破产的消息。英国银行、保险、船运、信托机构遵守明智的原则，虽然也受影响——或多或少——但大体上还能支撑下去。橡胶和糖业的投机商就不同了。那两种行业一向是中国人天生擅长的一种赌博。几个月间，有人大发利市，也有人倾家荡产。

有不少人为此得了“癫狂症”，一种因过度绝望而得的病症——被逼得精神发狂。

与韩沁分手，幻想破灭对新洛的打击太大了，情感上他仍然迷恋着她，但是他对自己说："有什么用呢？"一个男人被锯断了一条腿，以后虽然会阵痛和难过，但是第一个月总是最难熬的。等稍稍过一段时间就没什么了。

新洛没注意到，他和韩沁闹翻的那几个月，根本忘了写信回家。家人都很担心，柏英和他姐姐碧宫写信给新洛的叔叔，打听是怎么回事。叔叔也忧心如焚，回信说新洛被那个"番婆"迷住了，他"希望结果不要太糟"。大家更担心了，实际上，新洛的母亲听说他不肯回家，非常不满。她衷心地盼望儿子回到她身边。

新洛的公司生意很忙，和各行各业的财政混乱及萧条景象有关。有些商家倒闭，业主弃债券逃了，大家都有债权，但却没有人还债。因此老"巴马艾立顿事务所"屹立不倒，业务反而因此更加繁忙，为了商业债务、不动产拍卖、抵押和没收等事情，每天都忙得不可开交。只有香蕉店、烟店、药店、杂货铺和酒吧照常营业。大家烟抽得更多，酒也喝得更凶了。大公司受到最严重的打击，有好几家工厂的老板都垮了。政府提出三个月的延付债期，想以此种方式，看看局面会有什么改变。

新洛的叔叔对局势的演变一向都极为敏感。

他及时抛售了工厂，保住了相当的财产，他已打算退休回国，准备在厦门鼓浪屿买一栋别墅，带妻子家人回乡定居。新加坡没有人要橡胶，价格已跌落低于付采集工人的薪饷。他当时抛售出的价格高于现在两三倍之多。别墅当然比较难脱手，尤其在这种时候。

韦生找新洛出去，和他长谈了一番。"你不跟叔叔回乡？"

"不跟他回乡，我干吗要回去？我还想在这里学更多有关法律上的实际经验，我希望将来自己能开业搞个事务所。你觉得经济会永远萧条下去吗？”

“难道你就一点都不想回去看看你母亲？这边有什么东西绊住了你？”

“我不知道，我现在渐渐摸到了法律事务的窍门，在这里我所接触和了解的都是一些英国法律，而且我也学得很不错。何况，我的法律知识，尽都是英国法律，就算我回家去，在家乡岂不是学非所用，一点都派不上用场？”

“我知道是什么绊住了你，一定是韩沁。”

新洛抬眼看看他，口气平静而略带悲伤，说：“我也不知道。”他停了半晌，皱皱眉头又说，“有时候我真不明白，不明白自己，不明白身边每一个人，不明白这个现代化大港都。我眺望窗外，看到十尺外另一栋大楼发黑的砖墙，不明白大家都在干什么。千千万万和我一样的人，想用正道谋生，养家糊口，对不对？赚钱，对不对？韩沁有一次对我说，推动世界的是爱情和金钱。很有点哲学意味，你不觉得吗？我不知道她从哪里听来的。她做得也对，你必须两者兼得，才会感觉到真正的满足。但是我站在走廊上，观察这个大港都，看到人来人往的走道、褪色的墙垣、大家住的破房子，以及汹涌不断的人潮，千千万万奔走营生的人群。哎，看起来真是疯狂。这一切的一切，总让人觉得根本没有一点道理嘛。”

“你为什么和韩沁分手？”

“因为她要分手。她整天没事可做，她说她宁愿自己赚钱生活。这一点我不怪她。”

“你还去看她？”

“我们还见面，”他嘴唇颤抖着说，“有时候我去她工作的地方，有时候去她母亲家找她。分居以后我们比以往友善多了。我想她是比以前快乐。我们也已经坦白地说清楚了，她有自由做她喜欢的事，我也一样。我当然希望有一天她会回到我身边。”

那一年新洛的家乡也起了变故。有些是天灾，有些则不是老天爷有意安排的人祸，然而它们却影响了书中人物整个的命运。

从那年秋天起，碧宫和丈夫、孩子就搬到漳州她亡父家去住，新洛的母亲也跟他们住在一起。西河发生几次洪水，他们家因为就在山城的西河岸边上，因此受灾害的侵袭也最严重。碧宫的婆婆是在一个水灾夜里丧生，婆婆住在楼下，在黑黢黢、乱哄哄的黑夜里不幸被洪水冲失了。事后他们携家逃到漳州，住在碧宫亡父的家里，当时还有几位亲戚也是因为避难住在那儿。水灾过后，她和丈夫决定留在都市里，暂时不回西河。

这次搬家的另一个主要因素就是她想接母亲来一起同住。柏英固然对母亲很好，但是碧宫认为不论如何母亲是应该和自己的女儿生活在一起。此外，漳州是母亲的故乡，这是一座大城市，几乎要什么有什么。地方军阀已经被国民革命军赶走了，城里已恢复了相当的法律和秩序。

国民革命军控制了中国南部地区省份后，仍然继续北伐。军阀不敌溃败，有一些残余的队伍便四散逃窜到广东和福建交界的山区，过着打游击式的生活。有一队人马逃到了西河，他们就在福建沿海的高山上打家劫舍。

有一天，甘才正在市集上买办货品，一队衣衫褴褛、风尘仆仆的步兵来到了河岸上，还有几个骑马的军官。逃兵败将，毫无一点纪律可言。村民甚至不知他们到底是谁的部队，指挥官看到市集上有一大堆吃的东西，就叫士兵停在岸上。有些人跳到河里去洗澡，有些则到市集上搜刮食物。

不久市集上就发生了祸事，事后逃回来的村民，曾经目睹其中的经过。有的军人命令商人把贩卖的面食、糕点和点心等，供他们大快朵颐，之后，他们又大肆掳掠鸡、鸭，一派白吃白喝、不付账的德行。还叫饭店老板就在露天替他们烧煮东西来吃。一些农民匆匆收拾东西，打算回家。一个军官吹哨子大声吼道，不准任何人带东西离开市集。惊慌失措的农民立刻遵命行事，不敢乱动。

“哈！我们的军队在承平时期，时时刻刻都在保护你们，现在我们负有任务经过这里，你们却没有高高兴兴地迎接我们大军，这样对待我们公平吗？你们怕什么？我们只在这儿吃一顿，马上就走路。谁敢带东西离开，谁就要挨枪子。我们的总司令明天要来，你们难道希望他知道本城的人民都不好客、敌视军人吗？现在谁也不许走。”

地方上一片骚乱。农民都很气愤，但是大多数闷不吭声。今天碰到这批军队，算他们倒霉，只好认了。

军人来到村庄，对庄上的人来说，通常都不是好事，但是真正讲起来耕田的农人家一年到头也没有多少幸运的好日子。几个士兵被派到通往市集场上的几条路口上把守，然后一一询问在场的每一个人，有谁想要回家。

突然一声哨音令下，士兵排成一列。他们开始搬运场内的一袋袋白米和黄豆、面粉、木炭、蛋。所有行动由一位军官指挥着。有些饭店甚至连炊具都被拿走了，凡是这帮败兵残将用得着的东西，一概搜刮殆尽。

甘才站在一边，搞不清到底是怎么回事。

“喂，你这家伙，站在那里干吗？过来，扛这一袋米，你蛮壮的，来跟我们走。”

甘才不明白是怎么回事。他扛起一袋重量至少一百五十磅的白米。

“排进队伍去！站到那边去！等着，不要动。”

甘才和其他的人一起站进队伍去，一副莫名其妙的样子。谁需要帮忙，他向来乐于助人的。

“前进！”

队伍向前走。甘才也在里边，跟他一起被抓的人都默默不语。

“我们要上哪里去？”他问另一位俘虏说。

“不知道。”

他们走上河岸，向矮山进发，显然是往庵后的方向。

“你们要去哪里？”他问一个走上来的军官。

“你一定要知道也无妨，去庵后。”到庵后要走上一整天哩。

“我不去。”甘才说。

“什么？”

“我不能跟你们去，长官，我不去。”他把米袋放在地上。

“你疯了？”

“我不能去，我家里有事要做。”

军官的体格比甘才差多了。他用手戳戳他的胸脯，想推他。“走！把那包米扛起来！”甘才站在他前面，头仰得高高的，一动也不动，觉得军官的推力像蚊子叮一样。

军官由枪套里掏出一支左轮手枪:“你动不动?”

甘才现在吓慌了。他这辈子还没有见过枪呢,他转身拔腿就跑。

“回来,你这个笨蛋。”甘才头也不回继续狂奔。

一排子弹射出,他立刻倒在地上。子弹正巧穿过他的胸膛。几分钟后他就死了,甚至不明白谁开枪打他,又为什么打他。

“这可以给你们大家一个教训。”军官用尖细的嗓门说。一排人马停下来看个究竟,现在又开始向山区进发。

柏英看丈夫一直没回来,又听到村庄市集上的灾变,心里着急异常。她跑到靠近河岸附近这一边的店铺,证实有很多农夫被迫扛米、扛麦,随军队开走了。

天黑时分,畯心方面有消息传来,说她丈夫在郊外被打死了。畯心在两里之外。她和哥哥、母亲匆匆赶去。有人告诉她说,军队三点左右经过那儿,有些村民认出了那具尸体,发现他躺在斜坡上。

天已经黑了,附近找不到人可以帮忙扛尸体回家。柏英跪在他身边,一遍又一遍地擦拭脸上的泪水。她精神虽没有为之崩溃,但内心之中对这批可恶的乱军,却充满了无限的愤恨。

那天晚上天柱守着尸体,要他妹妹和母亲先回家。早上十点,尸体运到了,是村里的农夫用门板扛回来的。傍晚时分,几位获释的俘虏,才说出整个事情的经过。

这种事情已不是什么特殊事件,全国到处都曾一再发生,只不过是发生的次数多寡而已。有些省份机会多些,就好像有些省份一年下雨的天数比别的地方多一点似的。村民对蝗虫、瘟疫、军人入境掳掠的灾变,都已看得稀松平常。

几年以后,柏英就用这种听天由命的口吻把一切意外说给新洛听。“那年秋天，军人来到我们村庄，把他带走，不久他就死了。”

身为妻子的柏英为丈夫冤死伤心了好一阵子。甘才一死之后，她想到丈夫生前所留下的田事和其他种种工作，如今一概乏人接替和照料，她真的急疯了。她不知道要到什么时候才能再找到这么一个正直的丈夫。

十二月里，碧宫上山来接她母亲，柏英已经坚强起来，恢复了昔日的生活。柏英眼神里固然仍是悲哀的神情，但是由于家里各种家事及工作的忙碌，她已没有多余的心思来悼念甘才。她有母亲、阿姨、两个孩子需要照顾，已够她忙的了。天柱的身体经过长期的疗养后，已经复原了很多，胃口也好些，现在他们田里总算有了帮手。

每当她讲起那些军人，声音显得平静、安详而严苛，就是农家们惯有的那种平静、安详、严苛的口吻。“那些血腥的杂种——夭寿短命，他们活不长的！天公有眼，他们活不长的。”

这是女人家常用的咒语。“甘才是好人，真的。”

她眉头深锁，眼睛里总带着一种凄凉、沉思的目光，一双眼睛包含着多少的忍耐、艰辛啊！

碧宫说要接母亲去同住，谢谢柏英和她妈妈这些日子来悉心、妥善的照顾，大家只好依依不舍地道别。柏英说：“别走啦，她喜欢住我们这里。”

“柏英，”碧宫说，“我真不知道要怎么谢你。我婆婆在世的时候，我不能照自己的意思奉养母亲，如今你已经为我尽了心力，现在轮到我来侍候自己母亲了。”

“当然，当然。”她很率直地表示。她实在不忍让碧宫的母亲离开这里，尤其不喜欢碧宫的想法。她说：“你是她的亲生女儿，当然，不过我也像她女儿一样。我敢打赌她会回到我们这儿住，那边的空气比不上这里清新，我心里很明白。”

柏英一口咬定大家都会回鹭巢，这也不能怪她。碧宫嫣然一笑，没有再说话。她正用心盘算着别的事情，不过最后，柏英还是同意了，应该让新洛的母亲回到女儿的身边。明年也许她会到漳州去看她们，她要去卖甘蔗呢！

新洛的母亲很喜欢罔仔，说要带他去漳州，因为那边才有好学校。

“噢，这可不行。您不能带罔仔走，不行的。”

“妈，我想去，让我去嘛！”

“不，儿子，等过一阵子再说吧。你现在不能撇下妈妈走，以后再说，好不好？”

罔仔似乎也和他父亲一样，永远不能安于现状。柏英心里感到一阵剧痛——男人都受不了大城市的诱惑和不肯安于现状，因此迭生悲剧而令人锥心刺痛。这个小男人和那位远在天涯的大男人，都是她最心爱的人。倚闾而望的母亲和坚守空闺的妻子，都似乎免不了要面临这种最古老的问题：“男人工作，女人守家。”她几乎看到自己正渐渐走上新洛母亲一样的命运。她弯下身去，把孩子紧紧搂在怀中。

第十八章

第二年春天，叔叔动身回厦门。他准备在鼓浪屿买一栋房子，然后再回来接家人过去。他把海滨的店铺关掉，请韦生的父亲在这段时间内替他照料一切事务，若有重要的事情必须由他决定的话，彼此以电报联络。

琼娜如愿以偿，生了一个儿子，现在已经满周岁了。她要陪叔叔先回去，婶婶却宁可等新居弄好了才走。

临行前夕，全家人都在家里给叔叔饯行。这一顿大宴也正好给宝宝做周岁的生日。

餐桌上喜气洋洋，叔叔事业成功，告老还乡，此刻又终于有了儿子，他满面红光。虽然眼睑下已见肿泡，头发也花白了不少，但从他外表看起来依然精神奕奕的。

他由橡胶产业中赚得十几万元，这下可以好好回乡颐养天年。这也是每一个中国华侨终生所梦寐以求的心愿。饯行宴中除了家人，还有韦生和他父亲在场。

叔叔神采飞扬，精神极好，整个晚宴中，不知是否仅仅因为他有“先见之明”，事先预测出会闹经济大乱，而庆幸自己逃脱了厄运呢，抑或另有其他的原因，所以显得格外高兴。

他们都说闽南话，他谈起自己准备要买的土地，也跟大家说自己喜欢住什么形式的房子，琼娜说她要回去看看，婶婶似乎对这事没什么意见。叔叔追忆自己在新加坡的事业经验，又评论财产失而复得、得而复失的往事。

“有些人懂得如何做生意的窍门，有些人则一点都不懂。一切全靠自己去揣摩才行，当然一切都是赌运气。就连开橡胶厂也是一种赌博，必须有好运向你招手、微笑。只要你脚踏实地去干，凭耐心一年年累积起来，就会有相当的财富，就像我一样，但是你绝对不会变成‘赤脚’的大富翁。”

所谓“赤脚大富翁”，他是指赖鹭之流的人物。叔叔和一般商人都看不起非法致富的财阀。也许有嫉妒的成分吧，不过大体上来说，中国社会向来是不看重走私、违法或以黑社会行径赚钱的人。

叔叔第二天乘轮船回厦门。新洛托他问候母亲、姐姐，同时请叔叔代为说明他现在不能回家的理由。

“把我的一切告诉碧宫。说我加薪了，不必替我担忧。”

“我会啦，”叔叔说，他锐利而慈祥地看了侄儿一眼，“我不在的时候，别做傻事。”

叔叔告诉大家，房子弄妥，他就回来。少则三个月，多则一年，要看他能不能买到房子，或是看情况是否需要现盖一栋而定。

新洛工作稳定，住在叔叔家里，每天开叔叔的轿车去上班。他已经很久没有看到韩沁了。忍不住想她，但却硬逼自己离她远远的。韩沁已经明白表示不爱他，也不在乎他，他实在不想再受屈辱。渐渐地，他恢复了常态，不再为情所苦，也不再渴望什么，心里十分祥和与宁静。

他连夜总会都不去，怕碰到她。有一两回，他开车驶过城西地方，仿佛看到她的背影。他迅速避开视线，不想看个究竟，不知她看到自己没有，也许看到了吧，因为她认得这辆车，也知道车牌号码。每次经过此处，就使他格外黯然神伤，分外寂寞。毕竟这是她和他一度欢乐、嬉游的地方。

有一天韩沁的母亲到他家来，说韩沁病了，想要见他。

新洛内心最初的反应是冷淡和愤恨，恨她又来扰乱自己苦心换得的平静。莫非这是她存心诱骗他重温旧情的花招吗?

他思忖了一会儿。冷漠外表终于融化了，自我防卫的薄墙开始撼动、粉碎!

他穿上白色外衣，戴上太阳帽，随她母亲出去。

事实并非他所想的，韩沁真的躺在床上，憔悴万分。

他走向前去，她看到他进来，睁开双眼，露出一脸疲惫不堪的笑容。他抓起她的手，轻轻捏了一下，然后弯下身吻她。

“韩沁，看到你我真高兴。”

“我也很高兴看到你。”

韩沁知道他仍然爱着自己。

“我对过去的事很抱歉。”她说。

“不必道歉，我并没怪你，我们过得太苦了，使你受不了。”

新洛告诉她叔叔回厦门去了，自己也加薪了，还有一些现在的生活情况。

“我好几次看到你的车子经过，你没看见我，不然就是不想看我。”

“不，我根本没看到你，不然我会停车下来的。”他扯谎辩白说。

“我现在知道自己错了，”病中的声音特别温柔，“我一直想自己独立起来。”

“我知道我没有给你好日子过。我们和解如何？你肯再和我见面吗？”

母亲已离开房间，韩沁由枕头上抬起头来，把他拉近，温柔地吻了他一下。他触到她颊上的热泪。

他坐回去，韩沁倚在他身边，他快乐到极点。

“我刚动完手术。”

“手术？什么手术？”

“堕胎。我不想生孩子，否则就要辞掉工作。”

“孩子多大了？”

“两三个月。”

新洛闷声不响，韩沁很坦白，她说：“新洛，我不可能做你的太太。我以后不能再生小孩了。”然后她掩面大哭，“不管发生什么事，都是我们女孩子最吃亏。”

“别去想它了。”说实话，他不想再听下去。但是韩沁也不打算隐瞒什么。

“我不可能做你的太太，所以今天才告诉你真话。是的，我一直在外面和男人幽会。”

“是那位法国人的？”

“我怎么知道？反正女孩子做什么都要遭到报应，男人就不会。莎莉告诉我，她认识的男人都是有妇之夫。莎莉说都怪我自己，我太不小心了。”

“莎莉是谁？”

“我认识的一个女孩子。”

这时候，她眼睛盯着天花板痴望，半晌不讲话。

新洛凝神深思。他一心一意地热爱韩沁，此刻心中不但丝毫不生气，反而觉得她是一位抱怨性别不公而深受其害的女孩子。就算夏娃不在，也有人创造她呀！

过了一会儿，韩沁微笑说：“别替我难过，我会好的。”

“我真的是为你难过，因为我是真心爱你。”

韩沁伸出一只手说：“你是一个怪人。我从来不曾见过像你这种人，我比以前更喜欢你了。别为我担心，我会好的。”

他喉咙哽咽。这女孩对一切太诚实、太坦白、太勇敢了。

“你一定吃尽了苦头。”

“是啊，那又算得了什么？”

“你现在要不要跟我同住呢？”

韩沁面对他，语气很严肃：“我曾经为你疯狂，盲目爱过你，我以为我们可以合得来，结果不行。我喜欢你的程度，可以说远超过任何人。但是我绝不可能做你的好太太，我已经打定了主意，我不想再尝试。”

“那你今天为什么找我来？”

“因为我要让你知道一切，别再对我期望太深。过几天我就可以好了，我要靠自己的能力工作谋生，我可以承受一切。”

他没料到她会这样说。这是一个很清白、很实际的想法。

“但是我要你，我需要你。”

她理智地说：“不，我若嫁给你，对你、对我都是一大不幸的事情。我们可以经常见面，可以做朋友。”

“你是说你不再爱我了！”

“别那样说。我就是我，我天生就是这个样子，我知道你不会喜欢我这个样子的。我也曾极力想改变自己，但是办不到。你应该了解我才对。我实在是不适合跟你过生活，我自己也很痛苦。你知道我的本性。我喜欢工作、喜欢独立，希望你谅解。”

“我了解的。”

“你不会对我有恶感吧？”

“绝对不会。”

韩沁的态度使新洛十分惊异。几周后，他跑去告诉韦生，并且说明自己再见韩沁的原因。

“我知道你无法自拔，而她又不肯回到你的身边。”

“不像你讲的那么一回事。”

“这倒怪了，”韦生说，“大部分女孩子如果能获得像你现在所能给她的安全感的话，她一定会主动放弃工作跟定了你。既有别墅可住，又有各种享受，何乐而不为呢？”

“我告诉你，你把她给看错了。在我认为，她对我是百分之百诚实的。她天性崇高，不可能欺骗我。”

“你疯了？”

“我没有，我是说真的。她很伟大。以前我只爱她的外表，现在倒让我看出她灵魂内在的光辉了。我喜欢她那种坚持独立的方式，以后我仍然以朋友的身份跟她见面，不再是爱人的关系了。我是真心的，随你怎么说都可以。我这位女朋友具有了不起的人性观念。她已经证明这一点。”

新洛这些话对韦生和秀瑛姑姑来说，没有什么意义。

新洛的母亲现在搬回东门街的老宅去住，那是一栋舒适、宽敞的住宅。靠厨房的一边有一口水井，后半都是厢房，地面略高一点，入厅门口有两三个庭阶，这是传统的中国式建筑。中间是大厅，两厢及后房就做卧室。

新洛的母亲很高兴家里有女儿做伴，她此刻真正享受到儿孙承欢膝下的清福和乐趣。白天的时候，她端一张竹凳子坐在店面，观察路上来来往往的行人，东门街是漳州的闹市之一，走几步路，什么都可以买得到。新洛母亲的口袋装满银币，市面上各式各样的好菜和点心，像茯苓糕啦、各种餐点、甜粿啦，春天的大桃子、夏天的盐水梨、秋天的浸渍橄榄和冬天的甜橘啦，等等，她会经常买这些东西给孙儿们吃，这是有钱的做外婆的人所免不了的。她生性温顺、知足，现在正享受晚年的尊荣和舒适。叔叔几个月前就说要回来。他一到厦门，大家都知道他要在鼓浪屿找一栋西洋式的住宅，准备永远回来定居。他知道大嫂——新洛的母亲——现住在漳州，早已打算好去看她。他像一个“番客”，在国外发达了，如今可是衣锦荣归带着十几万元巨款回乡。

叔叔到家那天，算是一个大日子。他看起来就是一副“番客”的模样，手指上戴了金戒指和一颗大红宝石戒指，拄着一根镶金牛角的拐杖。他快活、自满，声音比往日更洪亮，他知道自己的每一句话，都有人在认真听着。

整栋屋子里一片忙乱。地方虽然嫌挤了一点，但是家人自然是不肯让叔叔和琼娜去外面住旅馆。这栋房子是叔叔出资买的，最近他还拿钱出来翻修过。柏英从鹭巢逃出来，目前就暂住在他们这儿，现在她空出东厢楼上的房间，搬下来和新洛的母亲一起睡。

家人没见过琼娜，自然很想看看她和小宝宝。她也很想见见新洛的家人，尤其是柏英。

“啊！这就是柏英。”叔叔用慈爱的口吻向琼娜介绍。叔叔及琼娜站在院子后面的大厅上，内心压抑不住第一次进门的兴奋。

两个少妇相视微笑，俩人的眼睛都像闪电，瞬间映下了对方的风采。

柏英身上穿了一件素净的七分袖白色棉袍，头发照例在脑后梳扎成一个圆髻，稍微打扮了一下，因为仍在为丈夫守孝期间，所以发髻上插了一朵白棉结。

“我常听新洛说起你。”

“他好吗？”

“等一下让你二姨丈告诉你。”

柏英脸上掠过一道阴霾，随即恢复了微笑。她约略听碧宫提起过，新洛和一个外国女孩子同居，不太幸福，又回到叔叔家去住了。柏英手臂上仍然戴着新洛上回给她的玉镯，比起琼娜的金戒指、钻石和宝石镯子，柏英算是很朴素了。但是两个人一比，柏英要耐看些。

“噢，我想这就是囝仔啰。”琼娜念这两个字的时候，语音总带有令人发噱的上海口音。

柏英把孩子推上前。孩子立刻伸手去拉这位他一直盯着的陌生女子。

“见见阿妗，来！”柏英用“舅妈”的称呼对琼娜。一个家庭里若是有妻、妾同在，大家在称呼上总是想些办法略为区分一下。

“告诉我，新洛叔叔为什么不陪你们一起回来？”孩子问。

“噢，他有事情，他不能丢下工作不管啊！”

“那我要去看他，我要去新加坡。”

琼娜眼尖，看到柏英不自觉喘了一口气。

全家人都在厅上，有人坐着，有人站着——碧宫和她丈夫锡恩，新洛的母亲，大伙都在。

叔叔说：“柏英，我很希望这次再看到你，真高兴你下山来。”

“我不是下山来玩的，我是逃出来的，小孩和我已经在这儿住了一个多月。”

“逃出来的？”

“是的，逃出来的。不过等时局好转，我就要回去。我想时局一定会变的，我也一定要回山上去。”

“我倒希望你永远别回去。”碧宫说。

“噢，碧宫，你怎能说这种话？”柏英诧异地说。

碧宫露出神秘的微笑说：“我知道。”

“你这话真滑稽，那些该死的杀人兵不会永远在那儿，我母亲和天柱、娃娃都还在山上，当然我要回去。”

“现在讲讲我儿子的情形吧。”新洛的母亲对叔叔说。她照例坐在向南最好的椅子上。

“我能说什么？你儿子还好，他离开那个‘番婆’，就回到我们身边了。我说大嫂，我真的不知道要怎么说才好。我真的不了解你这个儿子。我一直拿他当自己的儿子看待……但是他很倔强，样样都固执己见，他和那个外国‘查某’搬到外面的一栋小公寓去住，或许大家会说是我把他赶出去的，其实……唉，真叫我丢尽了脸，当时他就硬要那样做。我很高兴他现在总算是想通了。”

“他身体还好吧？”做母亲的问。

“放心，我们谭家的人都壮得像野牛。”

“我们在家乡听到不少经济萧条的消息，”碧宫说，“听说有不少做合法或非法生意的人破产、自杀，还有人被逼得得了‘癫狂症’，真够叫人提心吊胆的。”

“他还好，他现在还是在那家英国法律事务所上班。”

柏英一直很紧张，听到叔叔这段话后，才轻松下来。

“我始终不懂新洛为什么一定要在国外讨生活。”新洛的母亲用她一贯轻柔、徐缓的声音说。

“那得看他做什么事了。他没有生意头脑，只有一辈子靠薪水过日子，只够糊口而已。他不可能带着一大堆存款回来，我想你的意思是指这个吧！赚钱需要生意头脑，像他叔叔一样。”他颇为自己而骄傲。

“为什么不叫他回来？”母亲说，“人到处都可以讨生活，不必到国外去。你一回来，他就孤孤单单了。等二婶不久也回来后，那边就只剩他三姑了。他为什么不回家呢？”

“是啊，到底为什么？我已经回乡来养老，他为什么不肯回来？真叫人搞不懂他到底是什么意思。我也常说，一个人若有商业头脑，到哪里都一样赚钱，如果没有，就只好永远当雇员。我在漳州或厦门也能大赚一笔，那孩子真是一个傻瓜，到如今他可能还在迷恋那个外国女孩子。"

"真的？"碧宫一副担心的样子。

叔叔在水井边的二楼上小睡了一会儿，当大伙都休息够了之后，他重新回到楼下，看到琼娜和大家在厅里聊天。琼娜正在听柏英谈起她逃出鹭巢的经过。

几个月前——离甘才去世只有两三个月——一队乱兵又回来刮地吃粮。谭沟是一个农产丰富的山谷，盛产米、糖、大麻和烟草。有一位自称是上校军官的军人——大概军衔是他自封的——带着一百五十名左右的军队和五十杆步枪，足够叫平民百姓慑服了。上校对大家宣称说他们是大军的一部分，他们的军队已经占据了福建、广东沿海的边界，那儿高山临海，有不少凹地和湾口。

由于附近找不到明显的公共建筑，他们就用一间老庙做根据地，谷底的十三座村落里一向没有警察，只有一位保长，平时跑跑公务，报告死亡或动乱的消息。此地百姓向来都是自己维护治安，生活过得平平安安的，而今军队却硬要来"维护治安"，结果收成和过路都要缴税，老百姓苦不堪言，人人气愤填膺。

不错，南京是有国民政府，但是南京离这儿太远，革命军又忙着北伐，这么一个南方的小地方"天高皇帝远"，任谁也管不着。

那是去年冬天的事。春天一来，上校就想为自己和僚属物色更好的地方来作为临时司令部。他选中了鹭巢，从任何一方面来说，鹭巢都比破庙更理想。它立在悬岩之上，从鹭巢可以眺望整个山谷，对周围的情况，随时都可以掌握和了解。它离下面只有一条街的城镇不远，仅约一里半左右，它有茂密的树林和许多阴凉地方，百尺下方又有一条清溪，夏天可以洗澡，十分方便驻军。虽然鹭巢没有电话，但是他们可以撑起一根高竹竿，直接对下面的士兵发送讯号。

上校带领一个秘书和一位副官，占据了柏英家的大厅、主卧室以及侧翼的饭厅。柏英、她哥哥天柱、母亲赖太太和两个孩子都挤到以前新洛他母亲睡觉的西南角里边去了。无论柏英起先是多么勇敢，现在却被乱军吓慌了手脚。

“噢，妈，我真害怕，上校他一直对我表示好感，极其友善，我实在不愿看到他那双贼眼。”

“放心，柏英，你放心，”赖太太说，“他不敢的，有我在这里。”

第二天她又跑来跟母亲说：“不行了，我一定要离开这儿，他的副官已经对我说了，他要替上校拉线呢！他说得很明白，老是说‘否则’‘否则如何’。妈，如果真到了那一天，我会先杀死他，然后自杀。但是我不想那么做，我还要替罔仔打算。”

“你怎么答复他？”

“我说，你们乱兵杀了我的丈夫，天寿短命！统统给我滚远一点！”

“你打算怎么办呢？”

“我要逃走。我必须立刻离开这里，免得等事情恶化。今天晚上日落时分，我准备带罔仔下山，假装去买东西，他们不会知道的。”

“但是小船开不出去，况且他们也会搜查小船。”

“我认得山路，我只带一个黑布小包袱，不会引人注意。我向新界的方向走，到了那儿乘船转往漳州，然后到大姨家去住。”

“如果军官问起你呢？”

“等我离开之后，随便说什么都成，唬唬他们就说我到一个亲戚家去住了。”

那天晚上，柏英吃得饱饱的，包袱里放了几个硬馒头、两套衣服，衣服内袋里藏了五十块钱，就带着孩子下山，慢吞吞、大大方方由前门走出去，抵达大街之后，立刻过桥到对岸。

她曾多次步行十里路到新界去。她牵着小孩，沿着溪边直走，等河流猝然东转，就开始转走山路。

天色漆黑，又下起毛毛雨来。柏英抓紧孩子，勉强支撑着前进，她内心感觉得出来，只有这孩子是她的命根和责无旁贷的责任，绝不能让他出半点差错。

山路寸步难行，小径愈来愈滑，不稳的阶石，有时候还会上下颠动，走起来叫人胆战心惊。

周围乌漆墨黑，她看不清楚他们走了有多远，偶尔回头可以瞥见微弱的灯光，在远远的山舍闪烁。

最后终于来到了渡口，山路从溪流右岸曲转弯向左岸，新洛和她曾经停在这里，玩“打水漂”的游戏呢！

在她记忆中，最难走的一段还在前面，山坡的坡度愈来愈陡。他们若稍不留心，就有可能在暗处摔上一跤。

她筋疲力竭，一路上牵着孩子赶路，手臂都酸痛了。她丝毫不敢疏忽大意，毛毛雨仍然下个不停，所幸雨势没有下大。她忘记带火柴，不过在这个时候，火柴也没有多大的用处。

她抓紧孩子的手，一步一步踏过溪里的垫脚石。小孩对这次怪异的夜行，似乎兴奋多于恐惧。

最后，她在河岸边的下方找到了一块叠满鹅卵石的平地，头上有几株大树可以稍微避避雨。如果雨势加大，她真不知道要怎么办才好，只好枯坐此地等雨停了再走。

她尽量采取舒服的姿势，坐在小圆石上，找地方伸伸腿，并且叫孩子把头搁在她膝上休息。

头上的大树可以避雨，但是水珠仍不停地从叶缝中滴下来，把她的外套淋湿了。她从袖子里抽出一只手臂，小心呵护着囝仔，自己屈身坐着，手肘靠在膝上，让雨滴落在她的头部和背上。俯视河流下方远处，山谷约略显得明亮些，急流在她耳边潺潺作响，脑海中萦绕着对这孩子父亲的回忆。

她一定睡着了——不知道睡了多久，只依稀记得自己曾经祈求上苍。她不祈求自己平安，只一心祈祷孩子能够平安无事，新洛早日归来。

她突然从睡梦中惊醒，发觉浑身上下都湿透了，雨已经停了。孩子还睡得很熟，赶了一阵的路，也够他累的。她慢慢起身，右边的大腿被孩子压得麻麻的。她用手缓缓揉搓，血流总算恢复过来。

她站了起来，把孩子抱起放在河堤边上靠着，所幸的是孩子上半身完全是干的。

她舒展舒展全身，四处走动了一下，然后坐在石头上等天亮再起程。

天明的景象是她最熟悉的，光线慢慢由地平线上升起，远处的山棱也若隐若现，起先景致模模糊糊看不清楚，当夜神将它的黑色布罩一件一件掀起之后，山陵的棱线也就愈来愈明显，愈来愈深刻。

现在天已经亮多了。她饿得要命，从黑布包袱里拿出两个馒头来吃，然后走到溪边饮水。

元气大增，她拍拍睡梦中的孩子，把他叫醒。“我们要走了，罔仔。”她说。孩子揉揉眼睛，她拿一个馒头给他：“一路走一路吃吧，我们要马上出发才行。”

母子到达新界，大概八点钟左右。她在一艘下午开航的大船上订了一个座位，等船出发。

冥冥之中似乎有一种力量，把柏英和新洛愈拉愈近，像是一种人类所无法预知的力量。琼娜正好随身带了一张她和叔叔从新加坡来厦门乘坐的那艘船的风景明信片。

“船像房子那么大？”罔仔问。

“比十间房子都要大呢！”琼娜回答说。

从此孩子就对这种比房子还大，又能浮在水面，用蒸汽推动的大钢船问东问西的。就像是一个难以置信的神话，罔仔很想到厦门去看看这种船。

叔叔暂时在鼓浪屿——厦门对岸的一个美丽岛屿上——的国际住宅区租了一间别墅。也许是一种天生的原始本能吧，有如非洲水牛会跋涉千里寻觅盐草一样，人都是喜欢团聚之情的。所以当叔叔开口邀请碧宫和柏英到鼓浪屿别墅住些日子的时候，柏英为了孩子，也竟然欣然地同意了。鼓浪屿离这儿只不过三十里路，但是距离新加坡却有一千五百里远呢！

第十九章

说也奇怪，当一栋房子里住的人迁变的话，整栋屋子的气氛也会因此而大不相同起来。

叔叔叫人从新加坡运去了一部分家具——书桌啦，大理石餐桌啦，栗木椅子啦，等等——都是他平时用惯了的东西，就连暂租的房子里，他也喜欢摆上这些东西。新加坡的房子里，顿时显得空旷多了，也显得宽大多了，整栋住宅里可以嗅出一种暂时、过渡、终会改变的气息。

屋子里再也听不到叔叔轰轰隆隆的大嗓门，也不再有金边拖鞋懒洋洋踱来踱去的声响，更听不到年轻妇女低沉而妩媚的腔调了。

婶婶出现在楼下和阳台的机会一天天增多。她病情减轻了许多，吸鸦片和诵经念佛的次数也递减不少。

这时候正好是盛夏，暑气炎炎，大家劝秀瑛搬出学校的宿舍，到家里来住，秀瑛马上答应了。三个人——新洛、秀瑛和婶婶——

彼此都很合得来，韦生也成了家里的常客。

韦生的面孔一天比一天圆润，脸洗得更勤，胡子也刮得更干净。然而新洛却一天天消瘦，愈来愈不修边幅了。秀瑛姑姑第一次发现，他竟变得有点驼背了。

现在好像是婶婶在照顾这个年轻的侄儿。莫里斯牌的汽车还在，以后要卖掉，鼓浪屿小岛是用不着汽车的。婶婶时常劝新洛开车去散心，有时还亲自陪他出去兜风。

这时候正是巴马艾立顿事务所和员工续约的时期。董事们开会决定，商业破产和债务纠纷期间，虽然有许多业务可办，但基于经济的萧条，钞票、信用及各个行业都疲软不堪，未来的财政情况又不十分乐观，因此公司还是要裁减事务所的员工。

新洛意外收到公司的一封信，说从七月份开始公司不再雇聘他了，鉴于以往他工作优良的记录，公司将付给他三个月的资遣费。

这是他毕业后，第一次遭到严重的打击。在这几年内，由于经济的衰落，当然不可能找到什么好的工作。

他比以前更意志消沉，饭后常常一个人开车出去游荡，像孤魂野鬼似的，酒量也有增无减。有时候他不吃晚饭就出去了，使姑姑和婶婶心里很为他难过。他一直到天黑才回家来，她们俩几乎每天晚上都在家等他，回来后，他就独个儿走到厨房自己弄一碗白肉清汤，喝完就上床睡觉。有时候，他回家来告诉婶婶，他已经吃过了三明治和啤酒，不吃晚饭了。

秀瑛见他痴痴癫癫的，不复往日沉默而自信的风采，心里难过极了。他的颧骨开始突出来，整个人好像让人觉得老了好几岁。“你看起来样子好可怕，”有一天秀瑛对他说，“你不能再这样下去，经济萧条虽然使大家都蒙受其害，但受害并不是只有你一个人。我们又不是没有钱，我们要什么，就能买到什么。”

“我知道。”

“我想你可以在学校里找一份教书的工作，我可以帮你找。”

新洛抬眼看了看秀瑛。她一向了解他，就连他和韩沁同居，她也表示谅解。

“韩沁怎么样了？你没有再和她见面？”

“有，我告诉过你，我跟她现在是朋友的身份。不过最近每一次我想约她出来，她就推辞说她另有约会。她对我说：‘新洛，你为什么不约一约别的女孩子出去玩呢？’理发厅的人都知道我是她的朋友，但是我总不能天天去修指甲呀！有时候我七点钟就在理发厅徘徊，一直等她出来。你又能叫她怎样呢？有时候，我晚上到她母亲家去找她，但是她根本不在。”

假使换了别的男人，随便哪一个人都会明白她的意思。男人最好永远离开像她这种的女人，但是新洛却不死心。他就是喜欢她，时时刻刻都少不了她。

有一天，新洛在城里找她找了一整夜，回来对秀瑛和韦生说，韩沁完全失去了踪影。他已经十天左右没看到她，问她母亲，她母亲只说她离家出走了——去哪里，她也不肯说，也许是说不出来吧。

“他仿佛心碎了。”新洛一上楼，韦生就对秀瑛低语，“我们要想想办法。他承受不了这种打击的，任何人都会对韩沁这种女孩子的韵事一笑置之，抛到脑后。我真不愿意看到他眼中沮丧的神情。”

新洛和某些遭到心理打击的人一样，把对自己的不满，化成沮丧与沉默，他躺在床上，日夜酣睡，似乎永远不想醒来。

秀瑛看到这种情况，真的吓慌了。她猜他会不会是得了“癫狂症”。

秀瑛不想写信回家，怕惊动了新洛的母亲。她既不能写信，又不能打电报，否则家里每一个人都会吓坏的。

她脑子里闪过一个清晰、肯定的念头，世上只有一个人能够救他，使他重新恢复生活的乐趣和信心，那就是柏英。

秀瑛决定乘下一班船回厦门去。她事先没有告诉新洛。婶婶拿出一千块私房钱给她做路费。婶婶跟新洛说，秀瑛姑姑要出门一段日子，很快就会回来。

秀瑛在鼓浪屿把新洛的遭遇都说给叔叔和碧宫听，大家心里十分难过。

“我不得不亲自回来一趟，”她说，“我又不敢写信，我想这件事我们暂时都不要告诉他母亲。韦生和阿婶已经仔细谈过了，我们认为还是让我先回来跟大家商量一下。”

“难怪他一封信也不写回家，”碧宫说，“你要怎么样告诉柏英呢？她也在这里。”

“我不知道她来鼓浪屿，甚至不知道她来漳州，她既然在这里，那就简单多了。我相信他只要看到柏英就会好的。她现在人在哪里？”

柏英带孩子到港仔后海滩去了。她每天都去那儿，静静坐在一旁，看着罔仔在美丽、干净的白色沙滩上玩耍。

晚饭前后，柏英带孩子回来，一直朝家里走着。她还不知道秀瑛已经从新加坡回来了。

看到这位记忆中熟悉的姑姑，她欣喜若狂。

“什么风把你吹回来啦？真是想不到啊！”

“放假嘛，回来看看，我不久就要回去。你呀，看起来挺时髦的嘛！”秀瑛用爱怜的眼光盯着她。

“新洛如何？讲讲他的近况吧。”

“他还好，我现在也搬到他阿叔家去住，我们天天见面。”

“新加坡的情形怎么样？”

“大致上都很凄惨，饭后我想跟你好好谈一下。”

晚饭后，柏英邀她到房里去。“我们好好谈谈，我大概有三年没看到你了。”

秀瑛慢慢将话题引入正题。她提起新洛的失意、失业，每夜出外游荡，三餐误时，等等。柏英静静听着，呆若木鸡。

“告诉我，他为什么不写信给我，或给他母亲呢？”

“他没办法，我也不能明说，就连我都不敢写信回来，所以我只好亲自回家一趟。”

突然，柏英眼中现出惊恐的表情。

“怎么回事？”她追问秀瑛，“你一定要告诉我，到底怎么回事？有什么事你不能说明的？”

秀瑛忍不住哭起来，柏英更加担忧，急得像热锅上的蚂蚁。

“他死了？”

“没有。”

“他病了？”

“没有。”

“为什么你不肯告诉我呢？快说嘛。”

“他身体还好好的，只是他内心起了变化。”

“得了‘癫狂症’？”柏英用力说出这几个字。

“不。他还好，但是他很不快乐，整天出外游荡，晚上野游，他完全崩溃了。看他好像很寂寞、很寂寞……他需要你，柏英，我知道，只有你能够让他振作起来……”

柏英起先有点不敢相信，后来脸都红了。她觉得喉咙紧紧的，终于忍不住痛哭失声。她哀叹说：“哎，新洛，你为什么不告诉我呢？”

碧宫站在门口，看到柏英哭成一团。她一直想进来，插几句话。最后她走进来，用手摸摸柏英的肩膀，扶她坐正。

柏英坐起身来，对着手帕啜泣。

“我是特地赶回来告诉你这件事的，你愿不愿意去新加坡？”秀瑛问她。

“去不去？你挡都挡不住我，他需要我哩！”

“你一定要去，”碧宫说，“我弟弟只爱你一个人，我很了解他。”

琼娜也走了进来。

“什么？你们事先都讲好的？”柏英含泪笑笑说。

“柏英，”琼娜说，“我现在才稍微对他有了进一步的了解。他跟我讲的那些话，我起初根本听不懂。”

“讲了些什么话？”

“只有他自己能解释，他说他从来不属于新加坡。他把你们俩在鹭巢的照片挂在墙上。每当他谈起他的高山、你的高山的时候，就神气活现的。他在新加坡从来就没有真正快乐过。他对我说过好几回，‘曾经是山里的孩子，便永远是山里的孩子’。”

“是的，”秀瑛说，“他收到你的第一封信的时候，我看他一个人躺在床上大哭呢。他又哭又笑，手上抓着你的信，笑得没法读下去，最后才坐起身来，还是我跟他一起看的呢！”

“我什么时候能动身？我是说到新加坡去。”

“我来安排吧，你要带囝仔去，别担心。”

“他知不知道？”

“不知道。”

碧宫站在一边，静静观察，思前想后，感谢一切变成这么好的结果。她想起新洛的模样，自己曾经爱过他，也几乎完全失去他，如今总算又找回来了。她真想把这个天大的好消息立刻告诉母亲。

新洛已经渐渐克服了心理的打击，他对自己说，无论发生什么事，他都要打起精神来。他已经有三四个礼拜没看到韩沁了。她好像完全失去了踪影。理发厅的人说，她是突然间不来上班的，没有告假，也没有说些什么。

“嗯，也好。”他对自己说，“也就是这么一回事了。”

有一天，新洛碰到韩沁和一位船长以及她的朋友莎莉走在一块儿。韩沁很高兴见到他，还把他介绍给船长。

“他是阿瓦瑞船长。他和我同姓，有趣吧？”她说。

“你最近上哪儿去了？”

“婆罗洲。”

船长是一个短小粗壮的人，嘴上留着浓厚的胡子。他们正要到一家冷饮店去，便约新洛同行。她指着他对船长说：“他是律师，是我非常要好的朋友。”船长面露愉快的表情，态度轻松。韩沁还是一副老样子。

"你为什么不告诉我你要远行呢？"新洛问她。

"我没有时间告诉你，他说要带我去旅行，船第二天就开了，而你又不巧没来看我。"

"你辞掉工作了？"

"嗯。我可不能放弃这么愉快而又难得的旅行。我待在船上，船一直开到巴厘岛。昨天才回来的，我本来想打电话告诉你，真的。"

显然韩沁又随另一个男人游荡去了。新洛说，今天晚上由他请大家吃饭，但是韩沁回绝了，她说她已经答应带船长去见她母亲，然后共进晚餐。

他感到十分意外，船长居然要见她母亲。韩沁说，吃完了饭，她会尽快来看他，新洛约她到河谷路和克里门辛大道交叉口的一家旅馆见面。他们以前曾经在那儿约会过。

他在旅馆一直等到午夜，真够他熬的！毕竟彼此已很久没见面了。时钟嘀嘀嗒嗒走着，一点……两点……

新洛愈等火气愈大，他走出旅馆，在门口的草地上倚着一棵大树躺卧着，还特别选择了一个可以看见她走上台阶的地方，静静地等她。每当听见车声，他就回头望望，盼望能够看见她从车上走下来。他随时准备冲上前去迎接她，他相信船长一定会送她回来。

早已过了两点，周围静悄悄的，他可以听得到半里以外的车声。现在每隔十分钟或十五分钟就有一辆车驶过，车灯照亮了街角，随即又开走了。

"她一定会来的。"他自言自语，"她从来没有失约过。"

就算船长带她去看戏，也该早就出来了。就算他们回家喝两杯，也不至于这么晚啊。时间愈晚，她愈可能随时出现。

三点钟了，他进房间休息。他想，她是不是存心侮辱他？还是故意向他摆明她不在乎他呢？他下定决心，她绝不会来了。他和衣躺在床上，没有关灯，也睡不着。

四点左右，他听到她的脚步声在走廊徘徊，似乎在寻找他的房号，终于听到敲门声，他打开了房门。他望了她一眼，她没有说话，他也闷声不响。

“你在生我的气？”她说。

“当然，我们那么久没有见面了，你根本不在乎，对不对？”

韩沁从来没见过他这么愤怒的表情。

“你很恨我，我知道。”

新洛没有搭腔，开始脱衣服。

她也把外套脱掉，倒在椅子上，简短地说了一句话：“我相信那位船长是我的叔叔。”

事情发生在一个多月前的某一天，莎莉打电话说，她碰到一位葡萄牙籍的船长，他和韩沁同姓，她就去见他。船长被这位少女迷住了。“啊，”他说，“我们同姓，我知道我哥哥和一位广东女人生过一个孩子，他以前在香港的一家船运行做事，后来他死了，我一直不晓得他的孩子流落何方，我一定就是你的叔叔了。”

她开怀大笑，她喜欢他，他不但安详、庄重，而且长得很帅，她对这位船长产生了亲族爱。他让人看起来，就像一个故事里带有神秘感的英雄，刹那间出现在眼前似的。

韩沁跟母亲说过，她已接受一位朋友的邀请，要出海去旅行，但是她没有说明是谁邀她去的。那时候韩沁已深深爱上了船长。

那天晚上她带船长去看她母亲，事情愈来愈像是真的。韩沁的母亲说，她爸爸名叫裘西，船长也说他哥哥是叫这个名字，还有他离开香港回到葡萄牙的年份，两人所说的时间也不谋而合。

“在旅程中，他让我觉得好舒服，”韩沁说，“他的货船明天下午就要走了。晚饭后他又带我回船上，所以我来迟了，他的船这次要去孟买，他要我陪他去。”

“你去不去？”

“要哇！我是特地来告诉你，我回到船上自己舱房的时候，就感觉像是回到了自己家里一样。”

“你已经答应去了？”

“嗯！”

“那我们又要分别了。”

“我想是吧！”

第二天上午他们厮聚在一起，因为船长有事在忙，他们现在正在为她赶办去印度的护照。早上她进到他房里洗头，意外给了他一个热吻。谁都看得出来，她为了随船长再度出游，正兴奋得不得了。

新洛也许再也看不到她了。此时此刻，由于曾经多次目睹她和别的男人出游，所以他倒一点都不感觉意外和惊讶。他带她到一家闻名的法国菜屋顶餐厅去，从餐厅上可以尽情地欣赏大海的美景，不过她看起来，好像已对周遭的一切显得毫不在意。

“别忘了，我自己也是葡萄牙人，”她对他说，“我喜欢他的一切，看到他办事的精神，我真为他骄傲。他很可能是我的亲叔叔，我喜欢他。他给了我家庭的温暖，他叫我小乖乖呢！”

饭后，他们一起到“美度沙号”。

“我觉得这是我的家。”一看到黑黑的船身，她就忍不住地说。

他们上船去，碰到船长，他彬彬有礼，态度蛮诚恳的。

“咦，你的护照弄好了没有？”他叫她茱安妮塔，隔着桌上的一大堆文件向她微笑着。船长很忙。她带新洛到自己的舱房参观，那是一间幕僚室，离船长的舱房很近，中间只隔着医生的房间。面积不大，只有一张单人床和一个洗脸台，船长的舱房和舰桥相接。这是一艘货轮，只能搭载二十到二十五位旅客。

船四点钟开航。时间一到，访客纷纷下船。新洛站在码头上，等着向她挥别，但是他却找不到她的人影，他在码头上苦苦等了二十分钟。他想，她是真的对他毫不在乎，要不然就是和船长在一起。

终于她和另一位船上的官员在下甲板的栏杆边出现。他拼命朝她挥手，她则静静地和那位官员在说话，根本没有注意这一边。他们之间距离不过三十尺。她和那位官员转个身又走进舱内，连头都没有回一下。

船刚要起锚。她和船长双双出现在舰桥上。俩人手挽着手，身子靠着栏杆，新洛仍然拼命挥手，想引起她的注意，但是他们似乎只专注于欣赏码头的风光。俩人聊得很起劲。她好像根本没有料到他会在码头送她。就在这个时候，她眼光正好瞄见了他，她对他缓缓挥了几下手臂，然后，又转过身去继续和船长聊天。从她那样子看来，好像她只不过是对一个偶然相识的朋友挥别罢了。

这是新洛最后一次和韩沁见面。

时间正是秀瑛姑姑动身回厦门的前夕。

韩沁答应在旅途中写信给他，结果并没有写。大约过了两周之后，他才收到一封从孟买寄来的信。

亲爱的新洛：

请静心听我说，我因为一直很忙，所以没写信给你。周遭的一切事物，简直让我感觉像是在做梦一般，他叫我小乖乖，还给我取了“茱安妮塔”这个名字。他说他找到我非常高兴。船上的人都知道我是他的侄女，他们都称我为阿瓦瑞小姐。我愿意相信自己是他的侄女，我喜欢船上的一切，也喜欢我所遇见的人，他们大都是欧洲人呢！新洛，请你明白我虽然具有一半的中国血统，但是在心理上，我却是属于欧洲的。我天生就是欧洲人，也许就因为这个，所以跟你在一起的时候总是不能尽情地放开自己，使自己快乐起来，好像总是感觉到自己的另一部分，应该处于另一个世界似的。

船长很喜欢我，我也完全属于他。

他劝我留在孟买，因为他的船主要是航行孟买和波斯湾这条航线，有时候也会到开罗、贝鲁特和热那亚。他说有一天他会带我到地中海去，他们通常以孟买作为根据地，他在这儿替我租了一间公寓，还建议我说，我应该也让母亲来陪我住。

亲爱的新洛，我深深感觉自己对你不够好，你能原谅我以往的一切吗？我想我会很久、很久都不再来新加坡了，请多多保重。尤其希望你明白，我不是存心故意造成这种结果的，而是冥冥中似乎有一股莫大的驱力，任谁也无法抗拒它的安排。我始终尊敬你，以后也会永远把你珍藏在记忆中。

你永远的朋友

茱安妮塔

第二十章

读完这封信，新洛内心感觉出奇平静，一切总算尘埃落定了。另一方面，他对韩沁也有了更深一层的了解，她永远不会属于自己。他不太相信这位船长会是她的叔叔，不过，总而言之这一段恋史已成了过去。

突然间他觉得很轻松、很自在，心头长期的压抑似乎已顿然卸去，韩沁离开他已经很肯定地成了定局。由于这份解脱感和自己甘心承受这种难以避免的事实结果，他反而获得了心灵的平静。

他感觉自己仿佛经历了一段很长、很长的错误旅程，如今才迷途知返。

他现在冲动得想回家去，此刻新加坡再也没有事情羁绊他了。他出去拍了一份电报给叔叔：

“即回乡下周动身代转母亲。”

他回家把这事告诉婶婶，婶婶看到他神态大变，非常高兴。但是她说："不行，你还是等一阵子吧！"

"不过我已经发了电报出去，还有什么好等的？"

婶婶望着他，笑得好起劲、好开心，他很少看到婶婶脸上有这样的笑容。她犹豫了一会儿才说："我在等秀瑛的信函或电报，她说她回家去安排一件事情，你还是等她回来吧，说不定她这个事情还得靠你帮忙呢！"

"什么事？"

"一定是家里的事——还会有什么呢？"

"不过，我已经拍了电报呀！"

第二天，他收到了叔叔的直接回电：

"暂勿返秀瑛已乘台州轮带柏英和孩子返新，琼娜碧宫致候。"

他双手颤抖，拿着电报上楼找婶婶。她正坐在床上，双腿盘起，眼睛半闭，嘴唇喃喃自语，手指数着檀香木的念珠。

他停了半晌，不敢打扰她念佛，蹑手蹑脚走进去，低声说："阿婶！"

她张开眼，看到他站在面前，战栗的手握着一张小纸片。

"阿婶，柏英要来了！"

"我知道，我知道，感谢菩萨保佑！"

"你知道这回事？"

婶婶点点头，笑得很愉快："是啊，我全知道，秀瑛就是为了办这件事才回去的。我们都很清楚，只要柏英回到你身边，一切就好了。"

"噢！阿婶。"

他高兴得泪眼模糊。

他打电话告诉韦生。连他也知道秀瑛此行的目的。只有新洛一人被蒙在鼓里。

“台州轮”八点入港。它一大清早就泊在港外，现在才用拖船拖进港来。柏英和孩子都很兴奋。她五点就起床，趴着舱口向外张望，当船身渐渐驶近码头，她和秀瑛都已准备就绪。她身上穿了一袭淡蓝色的衣裳，头上梳着旧式的发型。孩子跑来跑去，不过她最希望新洛看到孩子在她身边。

罔仔是他们的小孩。她已经替他抚养了九年。这是他们之间一种具体而有形的牵系。

新洛就在那儿，她由身高可以认出他来。秀瑛也看到韦生了，他正拼命挥手，一头乱发，以及那副叼香烟的模样，绝对错不了。他们身边有一个身穿黑色衣裳的小身影，是婶婶。秀瑛没有想到她也会来迎接她们。

梯板慢慢放下来，他们终于下船了。新洛和柏英异地相逢，起初还有点难为情，过了一会儿，则伸臂相拥，疯狂大叫，彼此泪眼相对，手拉着手迟迟不肯放开。

“噢，柏英！”

“噢，新洛！你气色不坏嘛！”

“你也是啊！”

午饭前和饭桌上，大家似乎有谈不完的话，罔仔在房子里跑来跑去，向新洛描述他们所坐的大船。

“叔叔，船上还有游泳池呢！”

柏英弯身对他说：“叫爸爸，他真的是你爸爸。”

小孩把一根指头放在唇边，不肯叫。

“去嘛，说呀！他是你亲生的爸爸。”

小孩突然叫了声“爸爸”，新洛亲吻他。做母亲的也热泪盈眶。

“我等这一天，已经盼望了好久。”柏英只说了一句。

午饭过后，韦生和秀瑛对他们说：“我们要出去，应该让你们单独谈谈。”

新洛抬眼望着他们两个人手挽着手踱向阳台，身影转向大门，消失在门外。